KB133123

건조해도 괜찮아, 이 사랑 이야기는

메이지 에세이집

건조해도 괜찮아, 이 사랑 이야기는

kph

일러두기

1 본 작품집은 〈피스 카인드 홈〉이 운영하는 글쓰기 커뮤니티 〈조금 적어도 좋아〉의 시즌 프로그램을 통해 완성된 책입니다.

2 〈피스 카인드 홈〉은 부산에 위치한 예약제 책방 겸 작업실입니다. 우리는 삶의 예술가들이 이 조용하고 평온한 안식처에서 몰두하며 기록하고, 책에 빠져들 수 있도록 돕습니다.

찾아오시는 길 | 부산시 중구 흑교로 52번길 6-1, 2층

차례

[여는 글] 서랍 속의 낡은 마음들

서랍 속의 낡은 마음들

누구에게 단 한 번도 꺼내어 보여준 적이 없는 나의 작은 서랍 속에는 낡고 오래된 이야기가 가득하다. 무엇 하나 쉽게 버리지 못하고, 차곡차곡 쌓아두는데 일가견이 있는 나는 마음속 서랍마저 어지럽다. 물론 늘 생각은 한다. 햇살 좋은 어느 날, 한 칸씩 꺼내서 묵은 먼지를 털고, 차곡차곡 정리해 봐야겠다고. 늘 귀찮음에 지고 마는 게 문제일 뿐. 어쩌면 그것마저 핑계에 불과할지도 모른다. 사실 열어 보지 않으면 언제까지고 못 본 체 할 수 있으니까 마냥 닫아두는 것에 가까운 것 같다. 일단 정리를 하겠다고 마음먹고 나면 모든 서랍을 꺼내서 헤집어야 할 테고, 어쩐지 '그 서랍'만큼은 들여다보고 싶지 않으니까.

사실 '그 서랍' 속에 담긴 이야기란 게 특별한 것은 아니다. 친구의 말을 빌리자면, 누군가에게는 숨 쉬는 것만큼 당연한 '사랑'에 관한 기억들과 그 안에 스며있는 감정들일 뿐이다. 사랑, 그게 대체 뭐라고. 나는 사랑이란 녀석 앞에서만큼은 데면데면하고 만다. 어떤 특별한 사건이 있었던 것도 아니건만, 어릴 때부터 어른이 된 지금까지 사랑은 나에게 어울리지 않는 것만 같았다. 막연하게 사랑에 빠진 나를 상상해 보면 꽃이 날아다니는 행복한 모습보다는 물에 빠져 허우적거리고 있는 모습을 떠올리곤 했다. 나에게는 사랑이 그런 존재로 느껴졌었나 보다. 무엇이든 가능케 하는 힘을 지닌 구원자보다는 사람의 마음을 한껏 흩트려놓고 내 삶에 오롯이 집중하지 못 하게 만드는 방해꾼 같은 존재.

사랑이 이토록 무섭게 각인된 이유를 아직은 잘 모르겠지만, 이런 마음 때문에 사랑을 피해왔다는 것만큼은 확실히 알겠다. 그래서 늘 상처받지 않을 정도의 거리에서 미적지근한 태도로 사랑을 바라보려 애썼던 것일 테다. 그래서였을까. 언제부터인가 사랑에 관한 이야기가 나오면 조개처럼 입을 다물어 버리게 되었고, 더 이상 누구도 나에게 묻지 않게 되었다.

"당신은 지금 사랑하고 있습니까?"

자연스레 나에 대해 적당하게 알고 있는 지인들은 내가 사랑과는 인연이 없는 사람이라 믿고 있는 듯하다. 왜 사랑하지 않는지 궁금해하는 사람도 딱히 없었다. 다만 몇몇은 내가 독거노인이 되어 고독사를 할까 봐 미리부터 걱정해주기도 했으니, 나에 대해 어떻게 생각하는지는 말 안 해도 알 것 같다. 누구도 물어보지 않았기에 먼저 나서서 말을 하지 않았지만.

한 편으로는 두려웠다. 사는 일이 뜻대로 되지 않는다는 것은 익히 알고 있었지만, 어쩐지 내가 되고 싶다, 하고 싶다, 갖고 싶다고 고백하고 나면 손끝조차 닿지 못하는 일들이 비일비재한 것 같았기 때문이다. 그러다 보니 사랑에 대해서도 입 밖으로 가벼이 내뱉었을 때, 후 하고 불면 멀리 날아가 버리는 민들레 홀씨처럼 쉬이 흩어져 사라지고 말 것만 같았다. 그땐 몰랐지만 60번의 계절을 돌고 나서야 이제는 안다. 민들레 홀씨는 영영 사라지는 것이 아니라 어딘가에 뿌리를 내리고 꽃을 피우기 위해 먼 여행을 떠나는 것임을.

마하트마 간디는 말했다.

"겁쟁이는 사랑을 드러낼 능력이 없다. 사랑은 용기 있는 자의 특권이다."

나는 늘 그래왔듯이 실망하고 상처받지 않기 위해 내가 원하는 바를 외면하고 회피하며 살아가고 싶진 않다. 그래서 이제서야 용기를 내 조심스레 이 이야기를 꺼내어 본다. 사랑이 이토록 두려운 나에게는 16년간 인연의 끈을 놓지 않았던 반쪽, 뽀롱이 있다. 오랫동안 사랑은 나를 바보로 만들고 내 삶을 전복시킬 거라고 생각해 두려워했지만, 오히려 삶에 절망하여 포기하지 않고 진짜 나를 찾아 떠나는 여행을 떠나도록 한 것은 사랑이었다. 지난 십수년간 바보처럼 내가 어떤 사람인지 모르고 살아왔기에 잃어버릴 나다움도 없었는데. 대체 나에 대해서 무엇을 잃을까 그토록 전전긍긍해왔던 것일까. 돌이켜 보면 세상 쓸데없는 걱정과 두려움이었다. 그러니 더 늦기 전에 서랍을 열어 보려 한다.

오래 묵은 먼지를 털어 내고 내가 어떤 것들을 쌓아 두고 있었는지 하나하나 찬찬히 살펴보고 싶다. 그 속에 어떤 기억과 감정이 갑작스럽게 튀어나와 놀라게 할지 알 수 없는 일이지만. 그렇게 정갈해진 마음으로 사랑을 마주 보고, 누군가와 사랑에 대해 진솔한 이야기를 나눠보고 싶다. 그게 당신이었으면 좋겠다. 오래된 서랍 속 내 마음만큼은 아직 낡지 않았다.

등장 인물 소개

그 여자 - 메이지

MBTI : INFP (게으른 완벽주의자, 영혼없는 곰)

특이 사항 : 메이지는 '6월의 진주'란 뜻을 가진 영어 이름임

#유리멘탈 #비관주의자 #비아냥 전문가 #몽상가 #애주가 #풍부한 상상력이 유발하는 우울감

그 남자 - 뽀롱

MBTI : ESTJ (젊은 꼰대, 외로움을 타지 않는 호랑이)

특이 사항 : 머리 큰 뽀로로를 닮음

#완벽주의 #카오스 #워커홀릭 #공감능력 결여 #피말리는 집요함 #뼛 속까지 이과생

복장 터지는 두 사람의 건조하지만 꽁냥꽁냥 소란스러운 이야기를 들려 드릴게요.

60번의 계절을 돌고 돌아

계절의 흐름 속 우리의 소소한 일상 기록

조금 적어도 좋아

어쩌다 덜컥 사랑 이야기를 적어 보겠다는 생각을 한 것일까. 나는 사랑에 대한 경험이 많지 않다. 오죽하면 내 동생이 나를 보면 수도승의 기운이 흘러넘친다고 말할 정도다. 그렇다고 사랑에 대한 환상이나 관심이 있는 것도 아니다. 치정 스릴러로 범벅이 된 멜로 드라마나 영화가 아니면 절대 보지 않는다. 혹시나 거리에서, 혹은 식당에서 다정하게 손을 잡거나 사랑스러운 눈빛을 주고받는 남녀를 보면 나도 모르게 구시렁거리고 있다. 그 모습이 예뻐 보이는 것도 사실이지만, 어쩐지 조금은 남사스럽게 느껴진달까. 이렇듯 사랑은 내 삶에서 너무나 요원한 존재다.

역시 지인들에게 혹시나 글로 읽어 보고픈 나의 이야기가 있는지 물어보지 말았어야 했다. 많은 양의 글을 써온 것은 아니지만 햇수로 3년째 온라인 글쓰기 모임인 '조금 적어도 좋아'에 참여하고 있다. 그러다 보니 뭔가 빨리 꺼내놓고 싶었던 이야기는 이미 다 한 것 같은 기분이 들었다. 나는 오래도록 꾸준히 쓰고 싶은데, 어쩐지 내가 더 할 수 있는 이야기가 남아있는 것 같지 않았다. 그래서 내가 처음 어설프게 썼던 글부터 읽어 주었던 사람들에게 조언을 구했다. 아주 가벼운 마음으로 다음에는 어떤 소재를 가지고 쓰면 좋을지 물어봤던 것뿐인데, 하필 나의 사랑 이야기가 궁금하다는 답이 돌아왔다. 당연히 내 사랑 '술'에 얽힌 이야기가 듣고 싶다고 할 줄 알았는데! 왜 하고많은 소재 중에 인간에 관한 사랑이란 말인가.

물론 지인들의 제안을 웃어 넘기고 나에게 좀 더 편안하게 느껴지는 주제를 선택할 수도 있었다. 하지만 결정적으로 가장 피하고 싶은 이야기를 풀어내고 나면, 나라는 사람도, 나의 글도 한 단계 성장할지도 모른다는 지인의 말에 그만 귀가 솔깃하고 말았다. 이런. 그렇다면 일단 두 눈 딱 감고 저질러 보는 수 밖에. 쓰는 일에 진심이 될수록 점점 더 나은 글을 쓰고 싶은 마음은 어쩔 수가 없으니까. 팔랑팔랑 얇은 귀를 가진 나를 탓해 보며 어떻게든 사랑과 관련된 글을 엮어 보자고 다짐했건만. 나의 열정과 의지는 꺼져가는 모닥불에 간신히 붙어 있는 불씨만도 못하다. 적어도 지금까지는 그렇다. 조심스럽게 호호 입김을 불어 넣어도 좀체 활활 타오를 기미가 별로 없는 것 같은 느낌?!

나는 누군가를 사랑하고, 또 누군가로부터 사랑받는다는 사실을 고백하는 일이 너무나 낯설고 어렵다. 그래서 한 편의 글을 완성하는데 요즘처럼 힘겹고 괴로운 때가 없다. 이렇게 글을 쓸 때마다 머리를 쥐어뜯는다면 책 한 권 분량으로 모일 즈음에는 머리카락 한 올 남아있지 않을 것 같다. 과연 나이를 먹을수록 금보다 귀해지는 머리카락과 바꿀 만큼 나의 어설픈 사랑 이야기가 가치가 있는지 잘 모르겠다. 내가 무슨 부귀영화를 누리겠다고 사서 고생을 하는 건지. 살짝 두려운 마음도 든다. 과연 누군가 내 비루한 연애사를 읽으며 재미를 느낀다거나 혹은 더 많은 이야기를 궁금해할까? 무엇보다 전혀 가슴 설레는 연애담 같지 않은 나의 이야기에 누군가 공감은 할 수 있을까?

뽀롱과 나의 관계를 단순히 사랑만으로는 정의할 수 없었기에 우리가 16년 이란 오랜 시간을 함께해 올 수 있었다고 생각한다. 단지 사랑하는 사람으로만 바라봤더라면, 사랑과 좀체 어울리지 않는다고 믿었던 나는 무한정 뒷걸음질만 쳤을 테다. 그랬더라면 우리는 가깝지도, 멀지도 않은 어정쩡한 사이가 되지 않았을까. 아니면 성격이 워낙 반대니까 대척점에 서서 얼굴만 마주치면 이를 가는 사이가 되었거나. 하지만 다행스럽게도 우리는 다채로운 얼굴을 가진 관계를 형성할 수 있었다. 뽀롱은 가장 믿음직한 동료이자 친구였고, 닮고 싶은 선배이자 넘고 싶은 산이었다. 그렇게 뽀롱은 너무나 자연스럽게 내 인생의 주요한 순간과 영역에 함께 있었고, 언제나 적절한 거리를 지켜 주었다.

어쩌면 우리에게 남들처럼 열정적으로 불타올랐던 기록은 없을지도 모른다. 다만 오랫동안 은근하게 뜨뜻한 온돌방 같은 구석은 있을지도. 뽀롱에게 배운 좋은 점이 딱 하나 있는데, 그것은 내 삶에 존재하지 않았던 긍정 회로를 만들어 가는 일이다. 매사 부정적이고 비관적이었던 나에게는 너무나 어마무시한 변화다. 아직 부실하게 삐그덕거리는 회로지만, 소중한 머리카락을 지키기 위해서는 지금, 이 순간 돌려야 한다. 너무나 자극적인 소재의 콘텐츠가 넘쳐나는 요즘에는 되려 이런 덤덤한 이야기가 의외의 편안함을 줄 수도 있다고 나를 다독여 본다. 게다가 INFP와 ESTJ 조류 커플의 사랑 없는 사랑 이야기라니 의외로 신선할지도 모른다. 그러니까 죽이 되든 밥이 되든 일단 적고 보자. 그렇게 적은 글들이 모이고 모여 어떤 책이 될는지 알 수 없는 법이니까. 그냥 조금 적어도 좋다, 그래 조금 적어도 좋아.

봄 여름의 NG

끝을 알 수 없을 정도로 어둡고 끔찍했던 기억은 지워버리고 싶었던 것일까? 사람들에게 괴롭힘을 당하면서도 마지못해 꾸역꾸역 버티던 몇 년간의 기억은 완전히 산산조각이 나서 온전한 형태로 떠올리지 못한다. 그러다 보니 찰나일지라도 행복했던 순간들은 스냅 사진처럼 한 장면, 한 장면으로 간직하고 있다. 가끔은 그것이 내가 경험한 일은 맞는지, 어딘가 영화에서 혹은 사진으로 봤던 풍경은 아닌지 헷갈린다. 꿈만 같았던 어느 봄날의 기억이 딱 그러했다. 한 입 베어 물면 소다 맛이 날 것만 같은 푸른 하늘과 발그레하게 물든 분홍 꽃잎들이 춤추듯 흩날리던 순간. 그 아름다운 장면이 어렴풋하게 내 기억 속에 자리하고 있었다.

내가 잘 기억하지 못하는 것은 어쩔 수 없다고 하더라도 그토록 멋진 곳에 갔다면 분명 사진을 찍었을 텐데, 아무리 핸드폰 앨범을 뒤져 봐도 하동에서 찍었을 사진이 없었다. 벚꽃 피는 시기의 사진을 모두 더듬어 보았지만, 오로지 익숙한 학교 교정과 우리 동네에서 찍은 벚꽃 사진뿐이었다. 황홀한 그 광경이 실재하는 나의 경험이 아닐지도 모른다는 생각이 드니 괜스레 허탈해지고 우울해졌다. 그대로 두면 또 과거에 대한 원망으로 하루를 망칠 것만 같았다. 뭔가 소중한 추억조차 기억하지 못하는 무심한 사람이 된 것 같아 묻고 싶지 않았지만, 이럴 때는 뽀롱을 소환할 수밖에 없다. 결국 한참 업무로 분주할 뽀롱에게 메시지를 보냈다. 혹시 우리가 하동의 십리벚꽃길에 간 적이 있는지.

미친듯이 집중하며 일하고 있을 때는 12시간 이상 뽀롱과 연락이 되지 않는 일이 다반사이기 때문에 조마조마한 마음으로 답변을 기다렸다. 다행스럽게도 몇 시간 만에 빠르게 답변이 왔다. 기분 좋은 대답과 함께! 어마무시한 차량 정체 때문에 십리벚꽃길을 통과해 쌍계사까지 들어가 보지는 못 했지만, 대신에 화개장터에서 밥을 먹고 그 근방을 걸으며 벚꽃 구경을 할 수 있었다고 했다. 뽀롱은 우리가 찾아갔던 식당 사진과 함께 바람에 흩날리는 벚꽃잎을 맞으며 산책하고 있는 내 사진, 그리고 카메라를 향해 해맑게 웃고 있는 우리의 사진을 보내주었다. 비록 온전히 기억할 순 없지만, 풋내나는 우리의 젊은 시절, 특히나 아름다웠던 한때가 담긴 사진을 보니 코끝이 찡했다. 이런 걸 화양연화라고 부르는 걸까.

시원스레 뻗은 도로 양쪽으로 빼곡하게 서 있는 벚나무, 그 나무 아래 서서 하늘을 올려다보면 마치 하늘이 벚꽃잎으로 빼곡하게 수놓아진 것처럼 보이던 그 장면이 상상이 아니었다는 게 몹시 기뻤다. 다시 한번 그 순간으로 돌아가고 싶었다. 그래서 올봄 나는 치밀한 여행 계획을 세웠다. 구례에서 샛노란 산수유를 만난 뒤, 하동의 십리

벚꽃길에 가서 만개하기 전의 벚꽃을 즐기며 쌍계사까지 다녀오는 코스였다. 절묘한 타이밍에 가야 하는 만큼 온 우주의 도움이 필요한 계획이었다. 다행스럽게도 코로나로 꽁꽁 묶였던 발길이 풀어지는 추세였고, 인산인해와 교통 체증을 피할 수 있도록 평일 업무 스케줄도 조절할 수 있었다. 모든 준비는 끝났고, 어서 빨리 시간이 흐르길 기도했다. 차멀미가 심한 나였지만 장거리 여행도 두렵지 않았다!

그렇지만 언제나 인생은 이상하게 흐르는 법이다. 여행을 앞둔 며칠 전, 생각지도 못 했던 일이 벌어지고 말았다. 동생이 가르치는 반에서 학생 한 명이 코로나 확진을 받게 되었고, 안타깝게도 동생 또한 코로나를 피해 가지 못 했다. 졸지에 동생은 격리에 들어갔고, 나 또한 회사에 출근하지 못한 채 재택근무를 이어가야 했다. 그래도 일주일만 참으면 구례에 갈 수 있을 거라며 나를 다독였는데, 동생이 격리 해제되기 하루 전, 엄마와 아빠가 코로나 확진을 받았다. 나는 또 일주일 재택근무에 돌입했고, 선별 진료소에서 음성 판정받았다. 다행이다 싶어 돌아오는 길에 비염을 치료하고자 이비인후과를 방문했는데 형식적으로 검사한 테스트기에서 양성이 나왔다. 따끈따끈한 선별 진료소 검사 결과를 들이밀었지만 빼도 박도 못 하고 나는 확진자가 되었다. 그것이 운명의 장난처럼 부모님이 격리 해제되던 당일의 일이었다.

그 뒤로 나는 7일간 텔레비전도 없는 독방에 갇혀야 했고, 갑작스레 여행을 취소한 덕분에 온갖 수수료를 물고 고작 1,120원을 환불받을 수 있었다. 더불어 구례의 산수유와 하동의 벚꽃은 사진으로만 만나게 되었다. 완벽한 여행이 될 거라는 기대로 한껏 부풀었던 마음은 낯 모르는 어린아이에 대한 원망으로 변하기도 했지만, 다행스럽게도 오래 지속되진 않았다. 정말 이렇게 아파본 것은 A형 간염 이후로 처음이었기 때문에 어린아이의 몸으로 코로나와 싸우고 있을 모습을 생각하니 안쓰럽고 걱정스러운 마음이 들었다. 뭔가 이 봄의 시련을 함께 헤쳐 나가는 듯한 묘한 연대 의식이 자라났다. 부디 아이가 잘 이겨내기를, 어떤 후유증도 남지 않기를 기도했다.

그렇게 일주일을 꼬박 호되게 앓고 나서야 집 밖을 나설 수 있었다. 오랜만에 맡는 바깥 공기는 어쩜 그리도 달콤한지! 한껏 포근해진 날씨에 기분이 좋아져 천천히 걷다 보니 내가 다니던 초등학교 옆 공원에 도착할 수 있었다. 때마침 따끈하게 데워진 벤치에 앉아 고개를 들어 보니 매년 봤던 오래된 벚나무에 때 이른 벚꽃이 한가득 피어 있었다. 벚꽃 축제까진 꽤 기간이 남아 있었기에 별로 기대하지 않았었는데, 생각지도 못한 벚꽃을 보니 몹시도 반가웠다. 뭔가 일주일간의 고생을 보상받는 듯한 기분이 들었고, 새삼 삶에 대한 고마운 마음이 피어올랐다. 때마침 어디선가 불어온 바람이 벚나무를 흔들자 그토록 보고 싶었던 벚꽃 비가 살포시 내렸다. 이 멋진 순간을 뽀롱과 함께 할 수 없음이 조금은 안타까웠지만, 다가

올 봄을 기약하기로 했다. 내년 이맘때쯤에는 쌍계사에서 함께 벚꽃을 마주하길 기도하면서.

올봄의 혹독했던 NG는 마침내, 이토록 해피엔딩이다.

덧. 나와 음식을 나눠 먹었음에도 뽀롱은 코로나에 걸리지 않았다. 심지어 몇 년 전 내가 A형 간염에 걸렸을 때도 나와 음식을 나눠 먹었건만, 뽀롱은 비슷한 증상도 없었다. 뽀롱은 진짜 슈퍼항체를 지녔는지도 모르겠다.

다가오는 여름 앞에서

여름에 태어나 여름 향을 가장 좋아하는 걸까. 뽀롱에게 사계절 중에서 가장 좋아하는 계절이 언제인지 물어보면 주저하지 않고 여름이라고 말한다. 정말 다시 태어나도 나는 절대 못 할 대답이다. 요즘처럼 30도를 웃도는 초여름 날씨에는 선선한 바람이 불더라도 걷다 보면 땀을 많이 흘리게 된다. 그러다 보면 땀 냄새가 날까봐 걱정스럽고, 땀으로 인해 느껴지는 끈적거림과 찝찝함이 너무나 싫다. 아무래도 남들보다 유독 더위를 많이 타는 나는 여름이 너무나 괴롭다. 코끝 시린 계절이 돌아오기 전까지 늘어진 찹쌀떡 같은 상태로 흐느적거리는 나와 달리 뽀롱은 여름에 가장 활기차다.

뽀롱은 여름이 다가오면 그 어느 때보다 즐거워 보이고, 활동적인 모습이다. 여름에는 시원한 실내에서 한 발짝도 벗어나고 싶지 않은 나와 달리, 뽀롱은 산과 들로, 계곡과 바다로 떠나고 싶어 한다. 평소에는 잠도 많고 느긋하게 굴러다니는 것을 좋아하는 탓에 한 번 외출하려면 많은 마음의 준비가 필요한 뽀롱이거늘. 하필 날이 푹푹 찌고 불쾌 지수가 끝도 없이 올라가는 여름날의 여행을 즐기다니 도무지 믿을 수가 없다. 가벼웁게 코트를 걸치고 두 뺨에 차갑게 와닿는 바람을 느끼며 거리를 걸을 때 가장 쾌적함을 느끼는 나로서는 이해 불가다. 뭐 하긴, 내가 좋아하는 계절에 여행을 간다면 뽀롱은 백이면 백 콧물을 흘리며 추위에 오들오들 떨긴 할 테다. 정말 달라도 너무 다른 우리다.

그럼에도 뽀롱의 손에 이끌려 마지못해 마주한 여름의 풍경에 관한 기억은 나쁘지 않다. 가장 먼저 머릿속에 떠오르는 장면은 보성의 녹차밭과 담양의 대나무숲이다. 보는 것만으로도 청량한 기분이 들게 하는 초록빛으로 넘실거리던 풍경이 눈앞에 선하다. 다만 이 또한 안타깝게도 모든 것들이 선명하게 기억나진 않는다. 그저 스냅 사진 같은 이미지로 조각조각 떠오를 뿐이다. 분명 뽀롱과 맛있는 음식을 먹으며 재미난 이야기를 나누고, 멋진 장면을 함께 봤을 텐데. 괴롭고 아픈 기억 때문에 소중한 추억을 날려 보낸 것만 같아서 속상하다. 한껏 안타까운 마음으로 뽀롱에게 여름날의 추억에 관해 물어보았다.

하지만 예상과 달리, 역시 논리적이고 분석적인 뽀롱님은 생각지도 못한 대답을 들려주었다. 우리가 찾아갔던 보성의 녹차밭과 담양의 대나무숲은 무척 아름다웠지만, 우리 사이마저 아름다웠던 것은 아니라고 건조하게 말했다. 더불어 예전의 우리는 너무 자주, 심하게 다퉜기 때문에 굳이 그때를 전부 기억하려 애쓰거나 그리워하지 않아도 된다는 말을 덧붙였다. 순간적으로는 너무 얄미워서 코를 꽉 꼬집어 주고 싶었지만, 조금 더 차분하게 생각해 보니 몹시 아찔한 기분이 들었다. 추억을 만들기에도 부족한 시간 동안 내가 얼마나 나쁜 기억을 많이 만들어 줬던 걸까.

당시의 나는 심리적으로 무척 불안하고 예민했기 때문에 어쩌다 트라우마를 자극하는 이야기가 나오면 상당히 신경질적이었다. 많이 호전된 지금도 비슷한 상황에 놓이면 가슴이 콩닥거리고 피가 식는 듯한 기분이 드는데, 트라우마와 함께 살아가는 방법을 전혀 몰랐던 그때는 무작정 분노를 표출하는 것 외엔 방법이 없었다. 무척 공격적이고 방어적인 태도로 뽀롱에게 마구 퍼부었을 모습을 상상하면 얼굴이 화끈거린다. 모든 것이 트라우마 때문이라는 것을 알고 있을지라도 시한폭탄과 함께 있는 것 같은 불안감을 견디는 일은 결코 쉬운 일이 아니다. 게다가 신경질적이거나 쉽게 짜증을 내는 사람 옆에 있다 보면 없던 화도 생기는 법인데, 뽀롱이 그것을 어떻게 다 참고 받아줬는지 그저 고마운 마음뿐이다. 내가 못되다 못해 더럽게 돌변할 때마다 뽀롱이 내 코를 꼬집다가 뽑아 버리지 않은 것만도 다행이다 싶다.

문득 뽀롱이 진절머리를 치며 도망치지 않았다는 점에서 평생 업고 다녀야 하는 것은 아닌가 하는 생각도 든다. 안 되겠다. 올해는 여름을 가장 사랑하는 뽀롱에게 그 어느 때보다 아름다운 여름날의 추억을 선사해야겠다. 우울하고 괴로웠던 기억 대신 드라마 여름 향기의 한 장면 같은 추억이 자리할 수 있도록! 다가오는 여름 앞에서 굳게 다짐해 본다. 작열하는 태양 아래 싱그러움으로 일렁이는 보성 녹차밭으로 데려가 녹차 아이스크림을 하나 사서 물려 주자. 주룩주룩 흐르는 땀으로 샤워하게 될지라도 한 번만 꾹 참아보지, 뭐. 보성에는 율포 솔밭 해수욕장이 있다고 하니 여차하면 땀 내음 대신 솔 내음을 머금고 바다에 뛰어들면 어찌 되지 않을까. 아 정말 지나치게, 엄청나게, 너무너무 기대되는 여름이 다가온다, 휴.

밤에 우리의 영혼은

뽀롱은 나와 반대로 더위에 강하고 추위에는 꽤 약한 사람이다. 지금이야 강원도의 매서운 칼바람을 맞은 지 어언 4년이 되어 가다 보니 제법 추위에 의연하게 대처하게 되었지만, 사실 예전의 뽀롱은 추위를 잘 견디지 못했다. 한겨울이 되면 내 겉옷을 벗어서 덮어 주고 싶을 정도로 이를 딱딱 부딪치며 오들오들 떨기 일쑤였고 본인도 모르는 사이에 주르륵 콧물이 흐르기도 했다. 그러다 보니 찬바람과 맞서 싸우며 밖으로 나다니는 일을 좋아하지 않았고, 언제나 여름의 끝자락에는 겨울이 오는 게 싫다며 울부짖곤 했다. 그럼에도 최근 들어 부쩍 추워진 밤바람을 뚫고 뽀롱을 나가게 만든 것이 있었으니 바로 밀크쉐이크였다.

뽀롱의 은밀한 사생활을 엿보게 된 것은 종이 한 장이라도 더 넣으면 빵 하고 터질 것 같은 뽀롱의 지갑에서였다. 독이 바짝 오른 두꺼비처럼 한껏 뚱뚱해진 지갑이 빳빳한 지폐 때문이라면 흥에 겨워 춤이라도 추련만! 안타깝게도 뽀롱의 지갑은 제때 정리되지 못한 무수한 밀크쉐이크 영수증의 무덤이었다. 심지어 동료들과 저녁 식사를 함께할 때를 제외하고는 하루도 거르지 않고 식후 땡처럼 챙겨 먹고 있었다. 한동안은 공차의 타로 스무디에 푹 빠져서 매일 같이 마시더니 그 제품이 단종되자 빽다방의 밀크쉐이크로 옮겨왔나 보다. 딱히 대식가도 아닌데 보기 좋게 뽀롱의 볼살이 통통하게 오른 이유를 알 것 같았다.

혹시나 해서 인터넷에 검색해 보니 밀크쉐이크 한 잔에 535kcal라고 한다. 보통 빅맥 단품 하나를 다 섭취했을 경우 583kcal라고 하니, 식후에 밀크쉐이크를 먹는 것은 한 끼 식사를 더 하는 것이나 다름없다. 그렇게 어마무시한 고열량의 간식을 꾸준히 먹고 있었을 줄이야. 어쩐지 살이 찐 것 같은데 도통 무엇 때문인지 모르겠다며 세상 답답해하던 뽀롱에게 원인과 해결책을 제시할 수 있게 되었다. 바로 뽀롱님이 매일 섭취하신 식후 밀크쉐이크 때문이라고! 물론 주말에 맛있게 저녁을 먹은 후, 때때로 앉은 자리에서 뽀롱과 사이좋게 해치웠던 1,315kcal의 하겐다즈 마카다미아 파인트 한 통도 제법 유력한 용의자인 것 같긴 하지만.

아무래도 평일에는 뽀롱과 멀리 떨어져 있기도 하고, 야근이 잦아서 저녁을 대충 때우는 일이 많다 보니 주말만 되면 맛있는 한 끼 식사를 정말 제대로 하고픈 욕구가 솟구친다. 그렇게 맛깔스러운 저녁을 양껏 먹고 나면 당연하게 달콤한 디저트가 당긴다. 그럴 때 자연스럽게 떠오르는 것이 아이스크림이다. 원래 나는 아이스크림을 많이 먹는 편은 아니었다. 다만 뽀롱이 굉장한 아이스크림 러버라 자주 접하다 보니 나도 아이스크림의 매력에 빠져든 것 같다. 어쩐지 아이스크림은 먹어도 배부른 느낌이 덜 들고, 시원한 맛 덕분에 개운하게 식사를 마무리하는 느낌이 든달까. 무엇보다 뽀롱과 함께 떠났던 포르투갈에서 매일 밤 사 먹었던 쫀득하고도 새콤달콤했던 젤라토가 생각나서 자꾸만 찾게 된다.

그토록 오랜 시간 함께해 왔건만 정작 뽀롱과 같이 긴 시간 여행을 한 것은 최근의 포르투갈 여행이 처음이었는데, 뽀롱의 기호를 반영하여 하루의 일정이 마무리되면 도장 격파를 하듯 맛있다는 젤라토 매장을 찾아다니며 가게마다 맛을 비교해 보았다. 하루 종일 걸어 피곤하면서도 우리 둘 다 언덕 한두 개쯤은 거뜬하게 넘어가 찾아갈 정도로 맛 평가에 진심이었다. 왜 그렇게 열정을 불태웠나 의아하지만, 지금 가만히 떠올려 보면 참 웃음 짓게 만드는 기억이다. 그래서일까. 아이스크림이 포르투갈에서 느꼈던 밤공기를 불러와 추억 속으로 걸어 들어갈 수 있게 만들어 주기에 여유로운 주말 밤마다 그 달콤함에 빠져드는 것 같다.

그렇게 생각해 보면 뽀롱에게는 하루의 끝자락에 즐기는 피로해소제이자 바쁜 일상의 유일한 낙인 것이 그저 달곰한 밀크쉐이크 한 잔이었나보다. 아무리 일하는 것이 즐거운 뽀롱이라지만 어느 영수증에서도 문화나 취미 생활의 흔적은 찾을 수가 없었기 때문이다. 물론 예전부터 뽀롱이 돈이 드는 취미를 즐기는 것은 아니었으나 때때로 운동용품을 사거나 무신사에서 알뜰살뜰 옷 쇼핑을 즐기기도 했었다. 가끔은 가물에 콩 나듯 영화나 콘서트 티켓을 예매하기도 하고. 그런데 언제부터인가 일이 하나둘 늘어나기 시작하더니 일에 완전히 파묻혀서 과거에 즐겼던 일상의 여유마저 갖기 어려워진 것 같았다. 이제 뽀롱에게는 일과 삶 사이의 균형이라는 말 자체가 무색할 만큼.

그럼에도 사흘이 멀다 하고 밤마다 즐기는 밀크쉐이크는 뽀롱을 살찌울 뿐만 아니라 과도한 당 섭취가 되레 예민함이나 피로를 유발하므로 당장 멈출 필요가 있다. 심지어 아기 배였던 뽀롱의 배가 어느새 아재 배가 된만큼 빨리 건강한 취미를 만들어주는 일이 시급하다. 그런 의미에서 당근을 통해 실내 자전거 한 대를 들였다. 30분간 신나게 달리며 땀을 흠뻑 흘린 뒤 시원한 캔맥주 대신 탄산수를 들이켤 수 있도록! 가슴을 가득 채운 묵직함이 뻥 뚫리는 시원함을 경험할 수 있을 테다. 더불어 밀크쉐이크 못지않게 달달한 위로와 응원의 말을 좀 더 자주 해줘야겠다. 올 가을밤에는 뽀롱의 몸이 아니라 마음과 영혼이 살찔 수 있도록!

옷장의 유령들

워낙 기억이 가물가물해서 정확하진 않지만 대략 10년 전쯤의 일인 것 같다. 당시에 패션계의 악동이라 불리는 고태용 님의 비욘드 클로젯이란 브랜드에서 판매되는 맨투맨 티셔츠가 유행이었다. 맨투맨 티셔츠 가운데에 제법 큼지막한 원이 있고, 그 안에 보드라운 털로 비숑 패치가 수놓아져 있었다. 어딘가 진지해 보이지만 귀여울 수밖에 없는 비숑 캐릭터에 보송보송한 털이 더해져 따뜻한 입체감이 느껴질 뿐만 아니라 베레모를 쓰고 바게트를 들고 있는 비숑, 우주복을 입은 비숑, 화분을 들고 있는 레옹 비숑, 영국 왕실 근위병 비숑 등 로고 디자인도 다양해서 고르는 재미가 있었다.

특히나 기모 맨투맨이어서 입는 순간 참 따뜻하고 포근할 것만 같았다. 품질도, 디자인도 마음에 들었지만 딱 한 가지 마음에 걸리는 것이 있었으니, 그것은 학생에게 만만치 않게 느껴지는 가격이었다. 그래서 무수한 밤을 고민한 끝에 비숑 두 마리를 데려오진 못 하고, 나보다 추위를 심하게 타는 뽀롱에게만 선물하게 되었다. 큼지막하게 포장된 선물을 받아 들고 크게 기뻐하면서 찬 바람을 맞아도 전혀 춥지 않다고 너스레를 떠는 뽀롱을 보니 내

것을 사지 못 한 헛헛한 마음을 달랠 수 있었다. 그로부터 한 달 뒤, 뽀롱과 거리를 걷다가 우연하게 비슷한 디자인의 짝퉁 맨투맨 티셔츠를 발견하게 되었다.

비숑 대신 북극곰이 그려져 있었지만, 착한 가격이었기에 반가운 마음으로 구매할 수 있었다. 아무래도 그 북극곰이 뽀롱의 비숑만큼 보들보들하고 귀엽진 않았지만, 뭔가 비슷한 디자인의 제품을 입으니 나름 커플룩을 입은 것 같은 기분이 들어 좋았다. 그래서 따뜻한 봄바람이 살랑살랑 불어와 한껏 가벼운 옷차림이 될 때까지 정말 엄청나게 열심히 입고 다녔다. 그러다 보니 자연스레 북극곰에게 정이 들어서 잘 관리를 해 오래도록 입고 싶은 마음이 샘솟았다. 나는 겨울옷을 정리하며 드라이클리닝을 하고자 세탁소에 맡기는 코트 사이에 나의 맨투맨도 의기양양하게 끼워 넣었다. 고오급 관리를 받고 한껏 새하얗고 뽀송뽀송해진 북극곰을 상상하면서.

하지만 언제나 그렇듯 사건은 내 예상과 기대를 보기 좋게 뒤엎는 방향으로 전개되었다. 전혀 상상하지 못했던 방향으로! 바로 가슴 한 가운데 커다랗게 있던 북극곰 패치가 직소 퍼즐처럼 조각조각 난 채로 우수수 떨어져 버린 것이다. 세탁소 사장님도 이런 경우는 처음 보셨는지 적잖이 당황하신 눈치였다. 그럼에도 큰 인심을 쓰시듯 세탁비는 받지 않겠다고 하시며 그저 옷과 함께 북극곰 조각들을 단호하게 내미실 뿐이었다. 지금이라면 화를 내며 따져보기라도 했을 텐데, 당시의 나는 지나치게 소심했기 때문에 드라이클리닝이 되는지 잘 알아보지도 않고 무작정 옷을 맡긴 나를 탓하며 옷을 받아 들고 의기소침하게 돌아왔다.

귀엽다며 너무나 좋아했던 옷이라 버리지도 못 하고 가만히 티셔츠를 부여잡은 채 망연자실해 있는 나에게 뽀롱은 한 가지 묘안을 제시했다. 어차피 이대로는 못 입고 버릴 옷이니 뽀롱이 다시 붙여보겠다는 것이었다. 뽀롱은 자못 비장한 얼굴을 하고 퍼즐을 맞추듯 북극곰의 형상을 완성해 갔고, 의기양양하게 순간접착제를 이용해서 단단하게 고정시켰다. 충분한 시간을 들여 신중하게 잘 말린 뒤 조심스러운 손길로 몇 번을 확인한 뽀롱이 티셔츠를 내밀었다.

짜잔! 그렇게 기사회생한 나의 북극곰은 처음 샀을 때와 달리 조금 푸석푸석해졌고, 북극곰 패치의 조각과 조각 사이에 길이 생겨나긴 했지만 어느 정도 본 모습을 찾을 수 있었다. 그 뒤 북극곰 맨투맨은 우리 집 깡패견 두두의 공격으로 얼굴 옆에 구멍이 나고, 스멀스멀 삐져나온 순간접착제 때문에 바깥 공기를 쐬긴 힘들어졌지만 나와 몇 해를 함께 보낼 수 있었다. 몇 번의 이사를 하게 되고 리빙박스 안에 보관만 했던 탓에 그 존재를 까맣게 잊고 있긴 했지만. 최근 뽀롱과 함께 옷장 정리를 하기 전까진 말이다.

우리는 과거에 그러했듯 현재도, 미래도 함께 걸어가기로 약속을 했고 더불어 살아갈 보금자리를 마련했다. 그래서 대대적으로 둘 다 몇 년 간 입지 않았거나 오래 입어 상한 옷들을 단호하게 버렸고, 옷장을 가득 채웠던 여름옷들 대신 가을과 겨울에 입을 도톰한 티셔츠와 니트를 꺼냈다. 그 과정에서 생각지도 못 했던 북극곰이 툭 튀어나온 것이었다. 뽀롱과 나는 즉시 과거의 그때, 그 세탁소로 돌아갔고 황당해하면서도 단호하게 보이려 노력하던 세탁소 아저씨의 얼굴을 떠올리며 마구 웃어 젖혔다.

당시에는 나름 완벽해 보였으나 생각보다 삐뚤빼뚤 어설프게 붙여 놓은 북극곰도 한 눈에 들어왔다. 몹시 소심했던 내가 대체 무슨 용감함으로 그토록 당당하게 이 옷을 입고 길거리를 쏘다녔나 싶다. 그만큼 그 옷을 좋아하고 아꼈던 걸테지만 고달팠던 기억조차도 시간이 흐르면 미화된다고 하니까 맨투맨 티셔츠에 담긴 뽀롱의 노력과 정성 때문이었다고 아름답게 포장해 본다.

요리조리 뜯어 보니 리빙박스 속에 담겨 못 본 사이 북극곰은 부쩍 늙은 것 같다. 하지만 이제는 웃으며 회상할 수 있도록 소중한 기억이 되어준 맨투맨 티셔츠를 차마 냉정하게 버릴 수는 없었다. 나름 오랜 고민 끝에 북극곰은 실내복이라는 명목하에 살아남게 되었다. 두두가 낸 구멍만 빼면 시보리도 아직 짱짱하니까. 덕분에 북극곰과의 추억을 이렇게 글로 옮기고 있는 이 순간에도 나와 함께 화면을 바라보고 있다. 앞으로 몇 해나 더 함께 할 수 있을지 모르겠지만, 북극곰은 뽀롱과 나의 첫 보금자리에서 어떤 이야기로 남게 될까. 일단 북극곰의 첫 번째 임무는 나와 함께 꼭꼭 숨어있던 옷장의 유령들을 더 찾아 풀어놓는 일이다.

새삼 이 보금자리에서 우리의 손에 닿는 모든 물건에 아름답고 좋은 이야기를 담아 갔으면 하는 바람을 품게 된다. 물론 나는 무용의 물건을 사랑하는 사람이지만, 그것들이 쉽게 사고 쓰다 버려지는 물건이 아니라 우리만의 의미가 새겨져 오랜 시간 유용하게 함께 할 수 있는 것이면 좋겠다. 그리고 자연스럽게 언제든 그 속에 잠들어 있던 시간이 들려주는 이야기를 들으며 뽀롱과 내가 함께 걸어온 지난 삶을 반추해 보는 여유를 갖고 싶다. 그렇게 뽀롱과 여여하게 시간의 나이테를 쌓아가길 소망한다.

사랑하는 표정들

정말 사람은 반대에 끌리는 것일까. 우린 정말 닮은 구석을 찾기가 어렵다. 심지어 MBTI조차도 완전 반대다. 뽀롱은 ESTJ, 나는 INFP. 세상을 바라보는 관점도, 무언가를 이해하고 결정을 내리는 방식도 완전히 다르다. 상당히 미래지향적이고 감성적인 것에 중점을 두며 자율적인 INFP와 지극히 현실적이고 논리적이며 체계적인 ESTJ의 만남은 절대 순탄치 않다. 실제로 ESTJ의 논리적인 성향으로 인해 고문당하는 것 같다는 INFP의 경험담이 떠돌아다니는 것을 보면 나 역시 마냥 웃어넘길 수는 없다. 뽀롱의 계획성과 분석적인 면을 보며 숨 막힌다고 생각한 게 한두 번은 아니었으니까. 반대로 뽀롱은 매사 두루뭉술하고 무계획적인 나를 보며 답답해 미칠 지경이었을 테다. 정말 달라도 너무 다른 우리는 서로 알고 지낸 16년 중 13년쯤은 팽팽한 평행선을 달려왔던 것 같다.

그런 우리에게도 닮은 점이 딱 하나 있는데, 바로 눈이 작다는 것 그리고 조류를 닮았다는 것이다. 뽀롱은 자기 눈이 전혀 작지 않다고 주장하지만 내가 봤을 때는 작은 눈이 맞다. 뽀롱이라는 별명에서 유추할 수 있듯이 그는 뽀로로를 닮았기 때문이다. 내가 봤을 때 뽀로로는 그저 큰 안경을 쓰고 있을 뿐이다. 자세히 들여다보면 뽀로로의 눈은 그냥 검은 점 두 개다. 뽀롱의 눈과 유사하다. 한편 뽀롱이 나를 닮았다고 주장하는 캐릭터는 뽀로로보다 눈이 크다. 그럼에도 그는 항상 덧붙인다. 눈이 작은 앵그리 버드를 닮았다고. 대체 내가 뭘 닮았느냐고 콕 집어 물어본 적은 없지만, 아마도 가장 화가 많은 것처럼 보이는 캐릭터를 말하는 것일 테다.

그렇다고 내가 앵그리 버드처럼 잔뜩 삐딱하고 공격적인 눈빛으로 무장한 사람은 아니다. 되려 험악한 인상과는 너무나 거리가 먼, 누구에게나 만만해 보이는 인상이다. 다만 평소에 덤덤한 표정으로 있고자 노력하다 보니 표정이 자연스럽고 다채로운 편은 아니다. 어떤 표정을 짓든지 어색한 느낌이랄까. 그렇다 보니 사람에 따라서는 내 인상을 새초롬하게 볼 수도 있을 것 같다. 그런 측면에서 나의 무표정함이 뽀롱에겐 뚱하게 보였을 수도 있겠단 생각이 든다. 보통 뽀롱은 인상이 좋아 덕을 크게 보는 편이고, 나름대로 표정 부자이기 때문이다. 특히 내가 늘 뽀롱을 보며 놀랍다고 생각하는 것은 참 자연스럽게 방긋 잘 웃는다는 점이다.

기본적으로 그는 웃는 상이기도 하지만, 어떤 면에서는 작은 눈의 매력 포인트를 극대화하는 방법을 아는 것 같다. 말 그대로 함박웃음을 잘 짓는데, 눈이 정말 초승달을 엎어 놓은 것처럼 휘어진다. 확실히 그 눈웃음이 상대로 하여금 그에 대해 좋은 인상을 느끼게 만들고, 편안함을 느끼게 하는 것 같다. 그뿐만 아니라 그것이야말로 그를 최강의 동안으로 만들어 주는 비법이란 생각이 든다. 그 역시 완연한-이제는 새치도 보이는-30대 남성이건만, 이따금 식당이나 대중교통에서 만나게 되는 아줌마, 아저씨들이 그를 학생이라 부를 때는 부럽기까지 하다. 나도 저렇게 해맑게 웃으면 누군가 10살쯤 젊게 봐주려나 싶기도 하고.

뭐, 나 역시 그의 여러 표정 중에서 가장 좋아하는 것은 웃는 표정이긴 하다. 어딘가 장난기가 어린 듯하면서도 다정다감해 보이는 느낌이다. 그래서 처음 만났을 때는 둥글둥글하고 어리숙해 보이기도 해서 이토록 철두철미하고 꼼꼼한 성향의 사람일 거라고는 전혀 생각도 못했다. 웃는 낯에 완전히 속았다. 생각해 보면 나는 낯가림이 심한 탓에 누군가와 관계를 맺기까지 꽤 오랜 시간이 걸리는 편이다. 그럼에도 이전과 달리 그의 경우는 그 기간이 상당히 짧긴 했다. 평소 같은 속도로 느릿느릿 가까워졌더라면, 아마 그와 내가 몹시 반대라는 것을 진즉에 깨닫고 결국에는 거리를 좁히지 못했을 확률이 높다. 무려 반년이나 앞선 바로 위 선배님이라 되려 애매하게 껄끄러울 수도 있는 사이였는데, 처음부터 스스럼없이 대할 수 있었던 것을 보면 그의 웃는 상이 상당히 크게 작용했던 것 같긴 하다.

물끄러미 그의 웃는 낯을 바라보다 나도 참 닮고 싶다는 생각을 한다. 늘 어떤 표정을 지어야 할지 모르겠다는 이유로 로봇처럼 뻣뻣하게 있지 말고, 지금이라도 틈나는 대로 웃는 표정을 연습해 볼까 싶다. 눈웃음이 힘들다면 광대를 들어 올린다는 느낌으로 자연스럽게 웃는 연습부터! 그러다 보면 언젠가는 나도 사랑스럽다는 느낌이 드는 표정을 지을 수 있지 않을까. 사실 사랑스럽기까진 바라지도 않는다. 그저 내가 뽀롱을 보며 그렇게 느꼈듯이 상대가 나의 얼굴을 보고 따뜻한 인상이라 느꼈으면 좋겠다. 아무렴 앵그리 버드보다는 스마일 버드가 만나는 사람에게 기분 좋은 인상으로 남는 법이니까. 앞으로 뽀롱의 웃는 낯을 좀 더 자주 바라보고 따라 해 봐야겠다. 웃는 상 조류 커플이 되는 그날까지! 일단 새해 목표로 자연스러운 미소를 만들기 위해 광대 볼륨 넣어주기 운동부터 시작이다.

면허증

처음 두두가 우리 집에 왔던 때를 떠올려 본다. 아마 2013년 봄쯤이었던 걸로 기억한다. 2012년 유치원 선생님이던 동생에게는 불미스러운 일이 있었다. 동생이 담당하던 반 어린이가 부모님에게 거짓말을 했고, 순식간에 동생은 폭력 교사가 되고 말았다. 문제를 키우고 싶지 않았던 원장이 학부모에게 CCTV 공개를 거부하면서 동생이 어린이를 때렸을 거라는 의심은 일파만파 커지고 말았다. 급기야 학부모는 동생을 협박하기 시작했고, 최종적으로 어린이의 거짓말이었다는 사실이 밝혀지기 전까지 동생은 엄청난 마음고생을 해야 했다. 진실이 밝혀진 뒤 동생은 바로 유치원을 그만두었고 꽤 오랫동안 두문불출하며 지냈다.

칩거의 시간이 길어질수록 혹시나 마음의 병 또한 깊어질까 싶어 고민하던 찰나, 뽀롱은 반려동물을 키워보는 것이 어떻겠냐고 제안했다. 아무래도 반려동물과 함께하다 보면 신체적인 활동도 늘어나고, 정서적인 안정도 얻을 수 있다는 것이 학계의 일반적인 의견이었기 때문이다. 뽀롱은 기특하게도 사지 말고 입양하는 것이 어떻겠냐며 직접 반려견을 입양할 수 있는 곳을 알아보았다. 꼼꼼하게 이곳저곳을 알아보던 뽀롱은 갈색 푸들 강아지 사진을 내밀었다. 행복이라는 이름의 애프리 푸들로 태어난 지 7개월이 된 여아였고, 가족들의 반대로 더 이상 함께 할 수 없어 입양할 사람을 찾고 있다는 글이 적혀 있었다.

나는 알 수 없는 이유로 행복이에게 마음이 끌렸다. 그냥 이 아이를 데리고 와 가족으로 맞이해야겠단 생각이 들었다. 이제 와 돌이켜 생각해 보면, 사진 속 행복이의 모습은 바야바같은 몰골이라 하나도 귀엽지 않았던데다가 어떤 문제 행동이 있는지도 몰랐는데 왜 끌렸는지 모르겠다. 결국 나는 행복이를 처음 만난 날 단박에 입양을 결정했고, 바로 그날 두두라는 이름을 붙여주었다. 다만 우리 집에 데리고 가기 전, 내가 병원 진료를 받아야 했기 때문에 어쩔 수 없이 두두와 뽀롱이 밖에서 나를 기다려야 했다. 그 때 모든 것이 낯선 환경에 오들오들 떨고 있던 두두를 갈색 체크무늬의 도톰한 점퍼 안에 꼬옥 끌어 안고 있던 건 뽀롱이었다.

그 날의 온기와 체취가 오랫동안 두두의 기억에 남았던 것일까? 그 후로 두두는 오랫동안 뽀롱을 만나지 못했는데, 아주 오랜만에 다시 마주했을 때 엄청나게 꼬리를 치며 뽀롱에게 달려가 안겼다. 두두는 성인 남성을 무서워 해서 절대로 먼저 다가가는 법이 없을 뿐더러 손끝이라도 닿을까봐 늘 먼 거리를 유지했는데 말이다. 그렇게 두두는 우리 가족 뿐만 아니라 뽀롱에게도 소중한 존재가 되었다. 뽀롱은 두두가 생사의 고비를 넘길 때마다 함께 걱정하며 자리를 지켜 주었고, 두두가 좀더 넓은 세상을 경험할 수 있도록 이곳저곳에 데리고 다녔다. 특히 뽀롱은 두두와 달리는 것을 무척 좋아하는데, 둘이 함께 달릴 때면 두두와 뽀롱 중 누가 더 신나는지 알 수 없을 정도다.

실제로 같이 살지 않은 뽀롱도 두두와 이토록 정이 들었는데, 7년이나 두두와 함께 산 나는 더욱 각별할 수밖에 없다. 두두의 까만 눈동자를 마주 보고 있을 때면 이토록 귀엽고 무해한 생명체가 또 있을까 싶다. 나처럼 보잘 것 없고, 때로는 비겁하고 형편없는 사람이 되고 마는 나에게 두두는 언제나 무한한 신뢰와 사랑을 보내준다. 내가 어떤 초라한 모습으로 있던, 그저 나라는 이유만으로 말이다. 두두를 통해 아무런 조건과 기대 없이, 상대에게 자신을 온전히 내어줄 수 있는 게 어떤 것인지를 배운다. 두두는 내가 더 나은 사람이 되고 싶게 만든다. 뽀롱 역시 두두를 보며 그런 생각을 하나 보다. 언제부턴가 동물 보호 단체에 기부를 하기 시작했고, 둘째가라면 서러울 정도의 귀차니스트인데 동물권 보장을 위한 국민 청원과 탄원에 적극적으로 참여한다. 작지만 놀라운 변화다.

언제인지 정확하게 기억나진 않지만, 누군가 뽀롱과 나에게 실없는 질문을 던진 적이 있다. 남들에게는 보잘 것없을 수도 있지만, 나에게는 꼭 있었으면 하는 소소한 초능력이 무엇인지 물었다. 신기하게도 뽀롱과 나의 대답은 비슷했다. 두두가 어떤 생각을 하는지, 어떤 것을 원하는지, 어떤 기분인지 알 수 있는 초능력이 있었으면 좋겠다고 말했다. 거창하게 동물과 소통하고 싶은 능력까지 갖추고 싶은 것은 아니고, 그저 두두의 마음을 읽거나 느낄 수 있다면 족할 것 같았다. 그렇다면 두두에게 받은 만큼, 혹은 그 이상으로 많은 것을 돌려줄 수 있지 않을까. 두두에게 약을 먹이거나 귀를 청소할 때마다 두두가 욕하는 것을 견디며 단호하게 해내야겠지만.

안타깝게도 이런 초능력을 가질 순 없으니, 실제로 반려동물의 언어를 이해할 수 있는 공식적인 교육 과정 같은 것이 있었으면 좋겠다. 교육을 다 이수하고, 시험이나 실습을 통과하면 '반려동물 소통 면허증'을 발급해주는 것이다. 그리고 이 면허증을 가진 사람에게만 반려동물과 살아갈 수 있는 자격이 주어진다면, 지금처럼 쉽게 버림받거나 학대당하는 동물들의 숫자가 현저히 줄어들지 않을까. 면허증을 취득한 사람과 반려동물 모두 좀 더 건강하고 행복하게 관계 맺기를 할 수 있어서 좋고. 정말 꼭 소장하고 싶은, 탐나는 면허증이다. 진짜 국가가 이 면허증만큼은 진지하게 긍정적으로 검토해 주었으면 한다. 이것이야말로 세상이 훨씬 아름답고 따뜻해질 수 있는 면허증일 테니까. 발급처가 생긴다면 나랑 뽀롱은 일 번으로 달려가서 따고 말 테다. 두두를 더 행복하게 해주고 싶다. 우리의 언어가 동일하지 않더라도 부디 두두에게 이 마음만큼은 제대로 전해졌으면 좋겠다.

별명

우리가 무려 16년이란 시간을 함께해 왔기 때문일지도 모르겠지만, 누구나 불타오른다는 그 시기에도 우리는 닭살 돋는 호칭으로 서로를 불러본 적이 없다. 이를테면 애정이 뚝뚝 떨어지는 '자기야~♡' 같은 말은 죽었다 깨어나도 절대 사용하지 못할 단어이다. 어쩜 그렇게 간질간질 낯 뜨거운 말을 자연스럽게 해낼 수 있는지, 소주를 댓병 마시면 없던 애교도 샘솟는 나지만 그런 말을 내뱉는 것은 상상조차 할 수 없다. 그러다 보니 내가 그를 부르는 호칭은 언제나 뽀롱 한 가지다. 가만 생각해 보니 기분에 따라 뽀롱에서 살짝 변형하긴 한다. 기분이 저조할 때는 왕뽀롱씨, 기분이 좋고 신이 날 때는 왕왕이라고 부른다. 사실 뽀롱이란 별명은 그가 머리 큰 뽀로로를 닮아서 부르게 된 것인데, 어쩐지 어감이 동글동글해서 부를 때마다 밝고 귀여운 느낌이 나서 좋다. 안타깝지만 뽀롱이라는 애칭, 이것이 나의 최선이다. 이 이상으로 니글거리는 호칭으로는 차마 부를 수가 없다. 그런데 문제는 왕뽀롱씨다. 왕뽀롱씨가 언제부턴가 나에게 정말 치욕스러운 별명을 많이 지어주기 시작했다. 가만히 들어 보면 있던 애정도 사라질 것만 같은 호칭인데, 어쩜 그렇게 아무렇지 않게 부르는지 모르겠다.

가장 무난했던 것이 새부리코 왕물개이다. 내 코가 크고 높아서 얼핏 보면 새부리 같아 보인다며 지어준 별명이다. 거기에 왕물개가 붙은 건 내 눈이 물개처럼 크진 않지만 눈 사이가 가깝기 때문이라고 굳이 설명해주었다. 나는 고릿적 우정을 나누던 시절 개인기란답시고 보여줬던 물개 흉내 때문이라고 생각했는데 전혀 예상치 못한 이유였다. 곰곰이 생각해 보니 갈매기눈썰이라는 별명도 있었다. 내 이름에 '설'자가 들어가기도 하고, 눈썹이 갈매기 눈썹이라 눈썹으로 퍼덕거리며 날아갈 수도 있을 것 같다고 했다. 가끔 뽀롱의 눈에 비친 나는 어떤 얼굴인가 무척 궁금해진다. 갑자기 부끄럽다. 앞으로 가면을 쓰고 만나야 하나 생각이 많아진다.

그렇게 점점 작명 실력이 일취월장하며 왕뽀롱씨가 하사해 주신 별명을 죽 늘어놓으니 '설'자가 들어간 별명이 압도적으로 많다. 시도 때도 없이 졸려 하는 것이 잠만보를 닮았다며 지어준 별명이 썰만보, 한 자리에 누워 뒹굴뒹굴하면서 꼼짝도 하지 않는다는 의미로 나무썰보, 생긴 게 쥐를 닮았다고 썰람쥐, 나무썰보와 썰람쥐를 더해 쥐를 닮은 게으름뱅이란 뜻의 썰람보, 원체 화가 많고 큰 코가 새 부리를 닮았으므로 앵그리썰 등등 왕뽀롱씨의 뇌에서 떠오르는 대로 내뱉은 별명은 이렇게나 많다. 심지어 방광염에 걸려서 화장실을 자주 갈 수밖에 없던 때가 있었는데, 그 순간마저 놓치지 않고 깨알같이 오줌썰보라고 불렀다. 세상에! 여태껏 들은 별명 중에 가장 싫은 별명이었다.

머리가 원체 크니까 이렇게 응용력이 남다른 건지, 아니면 나를 놀리는 일에 몹시 진심이라 갈고닦은 능력인지 잘 모르겠다. 다만 이쯤 되니 어디 넣기도 애매할 것 같은 '설'자를 입에 착착 붙는 별명으로 만들어 내는 왕뽀롱씨가 신기하기도 하다. 의외로 아재 개그 같은 언어유희에 재능이 있는 건지도 모르겠다. 다음에는 또 어떤 황당한 별명을 지어줄까 내심 궁금하기도 하고. 확실히 그런 면에서 나는 기똥찬 아이디어나 센스가 부족하다. 그저 내가 장난기가 없는 담백한 사람이라 그렇다고 항변하고 싶지만, 사실은 뽀롱보다 관찰력이 부족한 건가 싶기도 하다. 아무렴 상대를 면밀하게 관찰하고 특징을 잡아내야 누가 들어도 그 사람이다 싶은 별명을 지어줄 수 있을 테니까.

그렇게 생각하니까 노여웠던 마음이 조금은 풀어지고 괜스레 어깨가 약간 으쓱해지는 것 같다. 다만 앞으로는 좀 덜 원초적이면서도 귀여운 별명을 지어준다면 참 고맙겠다. 이제는 나도 무언가 왕뽀롱씨에게 한 방 제대로 먹일 수 있는 별명을 지어주고 싶다. 와신상담하며 밤새워 작명에 임해보리라. 기대하시라, 왕뽀롱씨!

덧. 그러고 보니 최근에 지어준 별명이 하나 또 있었다. 부르자마자 엄청 궁둥짝을 차주고 싶었던 별명인데, 바로 땀쟁이넝쿨이다. 평소에 긴장하거나 조금만 더워지면 주로 이마와 목 쪽에 땀이 폭발해서 정말 부끄러운데,

그걸 또 굳이 땀쟁이넝쿨이라고 꼭 집어 표현해 주니 너무너무 얄미워 죽겠다. 그런데도 거기서 멈추지 않고 왕뽀롱씨는 이런 말을 덧붙였다. 빨간 벽돌 외벽에 담쟁이덩굴이 멋지게 자란 건물에서 땀쟁이덩쿨 책방을 운영하는 것은 어떻겠냐고. 그 간판을 보고 대체 누가 찾아올까 싶지만. 뽀롱 자네가 진심으로 그런 책방 하나 차려줄 텐가 이 지면을 빌어 진지하게 묻고 싶다.

낙서

나는 타고난 기질이 감정적으로 예민한 사람이지만 정작 자신의 감정 레벨링에는 서툴다. 다른 사람의 사소한 감정 변화를 감지해 내고, 공감하고자 애쓰면서도 정작 자신이 무슨 생각을 하고, 어떤 감정을 느끼는지는 잘 읽어내지 못하는 것이다. 아무 생각도 하지 말라는 것을 가장 어려워할 정도로 생각이 많은 주제에 정리가 되지 않으니 넘쳐흐르기 일쑤다. 그러다 보니 제때, 제대로 이름 붙여 주지 못한 감정들은 자신을 읽어달라고 아우성친다. 아무래도 말썽거리는 풀어내야 할 어떤 문제에 직면했을 때다. 부딪쳐 해결하고자 하기보다는 일단 회피부터 하는 데다가, 불안하거나 초조한 자신의 상태를 알아차리지 못한다. 그렇게 매번 모르는 척 외면하고 묻어두다가 곪아 터지기 직전에서야 알아차리고 수습하려고 하니 해결의 적기를 놓칠 때가 많았다.

결국 뽀롱이 내린 특단의 조치는 머릿속이 소란스러워지고, 알 수 없는 감정이 소용돌이칠 때마다 낙서를 하듯이 편안한 마음으로 끄적여 보라는 것이었다. 고민이나 걱정거리가 자연스레 튀어나올 때까지 아무 말이나 마구 적어 봐도 좋고, 머릿속에 떠오르는 것들을 그림으로 그려봐도 좋다고 했다. 나는 예전에 제주도의 어느 책방에 들렀다가 샀던 예쁜 노트를 꺼냈다. 알록달록한 꽃과 귀여운 새가 그려진 노트였는데, 절대로 싸지 않은 가격이었지만, 노트를 쓸 때마다 기분 좋았던 여행의 기억을 떠올릴 수 있을 것 같아 과감하게 구매한 노트였다. 좋은 구두를 신으면 좋은 곳으로 데려다준다는 이야기처럼, 이 노트에 어떤 것을 끄적거리던 기분 좋은 마음으로 노트를 덮을 수 있을 것 같았다.

나는 일주일 동안 의식의 흐름에 몸을 맡기며 마음껏 끄적여본 내용들을 살펴보았다. 워낙 생각이 많은 사람이다 보니 제주 노트에서 무언가 읽어낼 수 있을 거라는 기대가 일도 없었다. 그럼에도 막상 차분하게 노트를 살펴보니 되려 낙서랄 것이 없었다. 주로 내가 해야 할 일이나 그 순간 기록해야 할 것들에 대해 적혀있을 뿐이었다. 물론 정리에 진심인 사람들처럼 반듯반듯 정갈하게 적혀있진 않았다. 노트의 줄을 무시한 채 사선으로 혹은 크고 작은 글씨들로 정신없이 휘갈겨져 있긴 했지만, 글씨도 읽을 수 있고 일상의 흐름도 엿볼 수 있다는 점에서 높이 평가할 만했다. 내심 내 의식의 흐름이 보여주는 깔끔함에 만족하고 있을 때, 뽀롱은 나의 치명적인 낙서를 찾아내기 시작했다.

구석탱이 혹은 문단과 문단 사이 짧지만 찰진 욕이 아주 큼지막하게, 강인한 느낌을 뽐내며 휘갈겨 쓰여 있었다. 노트 바깥으로 빠져나가진 않을까 싶을 정도로 길게 이어진, 숫자 18로 만든 만리장성도 있었다. 대체 나는 이런 낙서를 언제, 왜 한 것일까. 아무래도 제주 노트를 회사에 들고 가서 끄적인 게 화근인 것 같은데, 지루하게 이어지는 회의 중간에 정신줄을 놓고 그린 것일 확률이 높았다. 워낙에 똥손이다보니 평소에 낙서하더라도 그림을 그리는 법이 없다. 분명 면상에 주먹을 날리는 그림을 그리고 싶었을 테지만, 표현할 수 없으니 육두문자를 마구마구 썼을 테다. 획과 획 사이에 서려 있는 분노의 기운이 또렷하게 느껴졌다. 나도 모르는 사이 제주 노트는 데스노트가 되어 가고 있었나 보다.

뽀롱은 나의 부끄러운 낙서를 잘도 찾아 내며 역시나 화가 많은 사람이라며 쯧쯧거렸다. 참 세상에 불만이 많다는 둥, 원초적으로 분노를 표출한다는 둥 뽀롱의 전매특허인 잔소리가 시작되려고 했다. 뾰로통해진 마음에 그러는 뽀롱씨는 얼마나 고상한 낙서만 하시는지 보자며 뽀롱의 가방을 뒤졌다. 무언가 잔뜩 끄적여져 있는 이면지 뭉텅이가 나왔다. 이런 상태의 종이 쪼가리라면 정제되지 않은 낙서가 한 가득일 거란 생각에 의기양양하게 뒤적여 보았다. 그런데 이게 왠 걸. 뭔가 아이디어라고 할 법한 것들 혹은 도식화를 통해 생각을 정리하고자 애쓴 흔적 같은 것들이 그려져 있었다. 맙소사, 굳이 낙서마저 이렇게 생산적이고 바람직할 필요가 있나. 조금 질리는 구석도 있긴 하지만 한편으로는 존경스럽기도 하다.

구체적이고 현실적으로 생각하는 성향이 강한 ESTJ 답게 낙서마저 체계적으로 하는 뽀롱이란, 당해낼 재간이 없다. 나는 겸허하게 뽀롱의 잔소리를 받아들이기로 했다. 어찌나 구구절절 옳은 말만 하시는지, 책을 읽지 않아도 마음의 양식이 절로 쌓이는 듯했다. 요지는 늘 생각 없이 내뱉는 말, 끄적이는 글은 삶에 대한 나의 태도가 배어 있는 것이므로, 긍정적으로 말하고 쓰는 노력이 필요하다는 것이었다. 곰곰이 생각해 보니 그것이 당장 내가 처한 상황을 바꿔주는 것은 아니지만, 마음을 움직이고 변화를 일으킬 힘이 되어줄 수 있겠다는 생각이 들었다. 확실히 '조금 적어도 좋아'를 통해 매일 조금씩 글을 써오면서 망나니로부터 벗어나 보통의 삶을 살게 된 건 사실이니까.

많은 사람이 사랑하는 노래의 가사를 보면 말하는 대로 이루어진다고 한다. 그렇다면 무언가를 적는 일도 쓰는 대로 이루어지는 것 아닐까? 특히나 무심코 끄적이는 낙서 속에 삶을 대하는 나의 무의식이 투영되는 거라면 욕설로 가득한 낙서는 더 이상 하고 싶지 않다. 다시는 돌아갈 수 없는 시간이 바로 지금, 이 순간인데, 그때가 온갖 부정적인 에너지로 가득 채워진다면 너무 불행한 삶일 것 같다. 그저 어제보다 조금만 더 자주, 많이 웃고 싶은 것이 나의 바람인 만큼 의식적으로나마 좀 더 행복과 웃음이 묻어나는 글을 적어 나가고 싶다. 모름지기 살짝 웃기는 글이 잘 쓴 글이라 하였다. 나 역시 읽는 이로 하여금 개미 눈꼽만한 웃음이라도 줄 수 있는 글을 쓸 때까지 정진 또 정진해야겠다. 언젠가 나의 낙서마저도 유머와 위트를 뽐내게 될 날을 고대해 본다.

요즘의 재미

이것이 재미난 놀이까지는 아니지만 요즘 들어 뽀롱과 내가 부쩍 흥미롭다고 느낀 것이 서로가 몰랐던 각자의 지인을 만나는 일이다. 우리는 같은 학교에 다녔기에 졸업하기 전까지의 인간관계에서는 교집합이 꽤 많았다. 아마 뽀롱 혹은 나랑만 알고 지내는 사람보다 둘이 동시에 관계를 맺고 있는 사람이 훨씬 많았을 것이다. 그러다 보니 한동안 새로이 알게 될 인물이 별로 없었는데, 졸업 후 서로가 다른 영역에서 일을 하게 되면서 주로 만나게 되는 사람들 역시 사뭇 달라졌다. 실제로 만나본 적도 없고 어떻게 생겼는지도 모르지만, 자연스레 느슨한 내적 친밀감이 생길 정도로 우리의 대화에 자주 등장하는 사람들이 생겨나기 시작했다.

그럼에도 워낙 생활 반경이 다른 탓에 서로의 지인을 마주하게 될 일은 전혀 없었다. 심지어 뽀롱과 나조차도 가뭄에 콩 나듯 만나는 상황이었기에 굳이 서로에게 지인들을 소개하고 함께 어울릴 만한 심적, 시간적 여유가 별로 없었다. 평소에 못 만날 때도 하루에 주고받는 메시지가 몇 개 안 되는 통에 일단 만나면 서로의 근황을 주고받기에 급급했다. 그러다 보니 각자 새로운 보금자리에서 자리를 잡고 7년이나 지나서야 서로의 지인을 만나게 된 것이었다. 그것도 나의 짝꿍을 지인들에게 소개해야겠다 의도한 것이 아니라 순전히 우연에 의한 것이었지만. 그렇게 한 번은 장례식장에서, 한 번은 결혼식장에서 예상치 못한 만남을 갖게 되었다.

어쨌든 시작은 뽀롱이 먼저 끊게 되었다. 심지어 나는 가지도 않았던 장례식장에 뽀롱이 조문을 가면서 벌어진 일이었다. 정확히 어찌 된 연유로 그리된 것인지는 알 수 없지만, 어쩌다 보니 뽀롱은 우리 회사 사람들과 같은 자리에 앉게 되었다고 했다. 사실 장례식장에서 모르는 사람들끼리 앉는 일도 생소한데다가 테이블을 공유한다고 하더라도 서로 굳이 말문을 트는 경우는 없다. 그럼에도 거기서 대체 왜 자기소개의 장이 열렸는지 모르겠지만, 서로 통성명을 하고 신상 정보를 주고받았다고 했다. 그러면서 아주 자연스럽게 같은 회사에 다니고 있는 나를 알고 있다는 이야기로 넘어갔고, 설상가상 그 가운데 요즘 나와 함께 일하는 분도 계셨던 탓에 이야기꽃을 제대로 피운 듯했다.

뽀롱은 독특한 경로로 나 없이도 나의 회사 지인들을 만나 안면을 텄다는 것에 상당한 뿌듯함과 재미를 느끼는 듯했다. 우리 회사 분들 역시 그 자리가 꽤 흥미로우셨는지 장례식 이후 일주일 동안은 뽀롱을 만났다는 사람들의 증언과 그에 대한 궁금증을 심심찮게 들을 수 있었다. 게다가 다들 한결같은 반응이 '그동안 나름 짝꿍을 만나고 있었어?'라는 놀라움이 먼저였기에 뭔가 좀 삘쭘했다. 분명 7년 전에 만나는 사람이 있다고 이야기했었는데도 어느새 회사 사람들의 기억 속에는 그 존재가 사라져 나는 솔로로 각인되어 있었나 보다. 역시 동생의 말처럼 내가 원하든 원치 않든 나에게는 수도승의 느낌이 물씬 풍기는 건지도 모르겠다.

한편 나는 뽀롱의 지인들을 결혼식장에서 만나게 되었다. 늘 이야기 속에서만 만났던 사람들을 직접 만나는 일은 적당히 두근거리면서 상당히 긴장되는 일이었다. 내가 막연히 상상해왔던 사람의 실제 모습은 어떠할지 궁금하기도 했고, 또 상대의 눈에 내가 어떻게 비칠지 걱정스럽기도 했다. 나도 나름 사회적 동물이다 보니 뽀롱의 지인들에게 잘 보이고 싶은 게 솔직한 심정이긴 했다. 그렇게 설렘 반, 긴장 반으로 뽀롱과 함께 일하는 동기, 선후배님들과 인사를 나누었다. 역시나 상상했던 것과는 사뭇 달랐지만, 워낙 이야기를 많이 들어서 그런지 낯설진 않았다. 게다가 다들 엄청 반갑게 맞아주시면서도 열이면 열 나를 보고 보이는 반응이 한결같아서 놀랍기도 했다.

오랫동안 내가 베일에 싸여 있어서 실재하는 인물인지 아닌지 헷갈렸었는데, 마침내 실제로 만나게 되어 반갑다고 이야기하셨다. 심지어 뽀롱의 일상에 나의 흔적이 조금도 느껴지지 않아서 뽀롱이 상상 연애 혹은 사이버 연애를 하나 의심했었다는 이야기를 들었을 때는 정말 빵 터졌었다. 나의 존재감이 그 정도였구나, 세상에! 뽀롱이나 나나 대체 어떻게 주변 사람들에게 비쳤길래 만나는 사람이 있다고 해도 그것이 뻥일 거로 생각하게 했던 걸까. 작정하고 비밀 연애를 한 것도 아니었는데. 밥 먹듯이 야근하고 갑작스러운 주말의 출장 일정에도 얼굴 한 번 찌푸리지 않았기 때문인 걸까. 아니면 우리에게 그런 촉촉하고 달달한 감성은 개나 주라는 분위기가 마구 뿜어져 나왔던 걸까.

뽀롱의 지인들에게 나 또한 회사에서 뽀롱 얘기를 했음에도 만나는 사람이 없는 줄 알더라고 전했더니, 역시 커플은 커플이라며 서로의 존재가 주변에는 비밀인 사람들이라고 한껏 놀림을 받았다. 졸지에 신비주의를 고수하는 사람들이 되긴 했지만, 비밀 연애 이야기로 자연스럽게 대화의 물꼬를 틀 수 있었다. 워낙 사람 만나는 일에 거리낌이 없는 뽀롱에게는 어땠을지 모르겠지만, 낯을 가리는 내가 나와는 무척 다른 세상에서 살고 있는 사람들을 만나 대화를 나누고 공감대를 형성하는 일은 정말 색다른 경험이었다. 평소에 나누지 않았던 주제를 가지고 이야기하는 일이 신선하기도 했고, 그의 지인들을 통해 그동안 미처 몰랐던 상대의 모습을 엿볼 수 있는 것도 흥미진진한 일이었다.

그동안 뽀롱이 가끔 내가 잘 모르는 본인의 친구들을 소개해 주려고 할 때마다 요리조리 핑계를 대며 피했었다. 눈치 빠른 뽀롱이 그걸 모를 리도 없거니와 그렇게 사람들을 만나봐야 분위기만 어색해질 것으로 판단했는지 이후에는 그런 자리를 마련하지 않았다. 그런데 이번에 한 번 경험해 보니 생각보다 재미난 경험이어서 조금 더 용기를 내봐도 되겠다는 생각이 들었다. 굳이 뽀롱의 지인들을 소개해 달라 졸라서 만날 것까지야 없겠지만, 적어도 불편할 것으로 생각되어 미리부터 움츠러들진 말아야겠다. 확실히 회사 생활을 하면서 너스레도 떨 줄 알고 사교성이 조금은 는 것 같다. 이제 좁은 우물에서 벗어나 다양한 사람들을 만나 어울려 보고 발을 넓힐 때가 되었다.

무엇보다 자꾸 있는 사람을 없다고 믿으며 나나 뽀롱에게 소개팅을 제안하는 사람들을 막기 위해 우리는 서로의 주변에 존재감을 좀 더 뿜뿜할 필요가 있다. 내 사람은 내가 지킨다는 마음으로!

올해의 기쁨 혹은 슬픔

어떤 의미에서 보자면 나는 굉장한 날씨 요정이다. 특히 여행을 갈 때마다 그 능력이 빛을 발한다. 원래 우기와 건기로 나눠지는 지역을 제외하고는 지금까지 어느 계절이든, 어떤 여행지든 언제나 빠짐없이 비가 내렸다. 그나마 운이 좋으면 며칠 만에 그치곤 했지만, 대개는 여행하는 내내 비와 함께 할 수밖에 없었다. 그래서 여행지에서 찍은 사진을 보면 늘 이국적인 풍경 너머로 흐리고 우울한 얼굴을 한 하늘이 펼쳐져 있다. 작정하지 않고서야 이렇게까지 비 오는 날의 여행 사진만 모으기도 힘들겠다는 생각이 든다. 보통 지인들이 보여주는 사진을 보면 화창한 날씨에 환한 미소를 짓고 있는 여행의 모습이 대부분이니까. 가끔은 내가 사진만 잘 찍는다면 'Journey in the rain'이란 제목으로 사진집을 엮어도 흥미로운 책이 되지 않을까 싶을 정도다.

그렇다 보니 올해 뽀롱과 여행을 떠나기로 했을 때 걱정이 많았다. 10일이라는 긴 시간 여행을 가는 게 처음이기도 했고, 무려 포르투갈까지 가는데 계속 비가 와서 여행을 망치면 어쩌나 두렵기도 했다. 내가 포르투갈에 혼자 여행을 간 것은 2019년의 가을이었고, 간간이 해가 얼굴을 빼꼼 비출 때를 제외하고는 회색빛으로 먹먹하게 물든 하늘을 보며 리스본과 포르투를 돌아다녔다. 신기하게도 여행 내내 젊은 연인보다는 손을 꼭 붙잡고 느릿느릿 도시 곳곳을 걸어 다니시는 노부부를 자주 만날 수 있었고, 가족 여행을 온 유럽인들이 많았었다. 늘 혼자 씩씩하게 잘만 다니던 여행이었는데, 그때는 난생처음 뽀롱과 함께 오지 못 한 것이 쓸쓸하게만 느껴졌다. 그래서 조만간 뽀롱과 꼭 포르투갈에 다시 와야겠다고 다짐했었건만, 코로나로 인해 무려 4년 만에 함께 포르투갈을 여행할 수 있게 된 것이었다.

우리는 쉽게 떠날 수 있는 여행이 아니었던 만큼 신중하게 여행할 도시를 골랐다. 리스본과 포르투, 리스본 근교의 신트라와 호카곶, 그리고 휴양지인 라고스를 방문하기로 했다. 이번 여행은 여름에 떠난 터라 호카곶에서 오렌지빛으로 물들어 가는 노을과 바다를 볼 수 없다는 것이 조금 아쉽긴 했지만, 해가 늦게 지는 만큼 늦게까지 도시의 구석구석을 마음껏 돌아다닐 생각에 두근거렸다. 그렇게 긴장 반, 설렘 반으로 여행을 떠났고, 정말 신기하게 비가 올까 봐 걱정했던 것이 무색할 만큼 포르투갈에 도착한 날부터 떠나는 날까지 화창한 날씨가 이어졌다. 심지어 날씨가 돌아다니기 힘들 정도로 폭염인 상태는 아니었기 때문에 한국의 여름과 비교해 보면 비교적 가벼운 옷차림으로 쾌적하게 뚜벅이 여행을 즐길 수 있었다. 아무래도 뽀롱이 나보다 더 강력한 힘을 가진 날씨 요정이었나 보다.

포르투갈에서 뽀롱과 함께 한 모든 날이 좋았고 하루하루가 특별했지만, 가장 기억에 남는 것은 포르투에서 보낸 시간이다. 우리는 리스본과 신트라, 그리고 라고스를 거쳐 포르투에서 여행을 마무리했다. 역시 포르투는 작고 오래된 도시 특유의 고즈넉함과 아기자기한 매력으로 가득했고, 해가 저물어 가면 낮과는 사뭇 다른 얼굴을 뽐냈다. 포르투갈을 찾는 이들은 다들 이 매력에 이끌려 포르투로 모이는 것이 아닐지 싶었다. 특히 해 질 녘이 되면 포르투의 모든 여행객은 모루공원에 있는 것처럼 앉을 자리가 없을 정도로 많은 사람들로 북적거렸다. 확실히 모루공원에서 사람들 틈바구니에 끼어 바라본 야경은 눈부시게 아름다웠다. 빛으로 수놓아진 동 루이스 1세 다리 너머로 수줍은 주황빛으로 시작해 붉게 타오르는 하늘이 보였다. 그 시간만큼은 뽀롱과 손을 맞잡고 아무런 생각 없이 그저 선선하게 불어오는 바람을 느끼며 시시각각 변하는 하늘을 바라보는 것만으로 충분했다.

황홀했던 그 밤만큼이나 내 마음을 홀딱 사로잡았던 일은 포르투의 도오루 지역에 다녀온 일이었다. 렌터카를 이용하지 않는 이상 도오루 지역에 가려면 포르투에서 출발하는 투어를 신청해야 했다. 다만 대부분의 투어가 여러 와이너리를 돌며 포트와인을 맛보기 때문에 하루를 온전히 투어에 내어줘야 했다. 우리에게는 그만한 시간적 여유가 없었고, 포트와인을 그다지 즐기지 않는 탓에 그 투어는 과감히 포기해야 했다. 그런데 그린와인만큼은 포기할 수 없어 찾아갔던 아베레다 와이너리에서 만난 현지인이 포르투에 왔다면 계단식 포도밭인 도오루 밸리는 무조건 가봐야 한다고 주장했다. 차량을 이용하면 좋겠지만 기차를 타고 다녀와도 당일치기가 가능하니까 일정을 조율해서 꼭 다녀오길 바란다며, 도오루 지역의 'Double viewpoint De Loivos' 라는 무료 전망대를 추천해 주었다.

도오루 밸리는 기차로 2시간 이상 이동해야 갈 수 있는 곳이었지만 현지인의 말에 한껏 솔깃해진 우리는 정말 즉흥적으로 그곳에 가기로 결정을 내렸다. 부랴부랴 가까운 Paredes 역으로 이동해 기차를 타고 Pinhao 역으로 향했다. 기차의 창문 밖으로는 이국적이면서도 목가적인 풍경이 이어졌고, 우리는 연신 감탄했다. 우리의 빠른 판단력과 단호박 같은 실행력을 칭찬하면서! 그렇게 도착한 Pinhao역은 기찻길을 따라 소담함 들꽃이 피어 있는 작고 오래된 역이었고, 역 밖의 동네는 조용한 시골 마을이었다. 다행히 역 앞에서 만난 택시 기사 아주머니가 우리가 보여 드린 지도를 보고 흔쾌히 목적지까지 데려다주시기로 했고, 그렇게 10여 분 꼬불꼬불한 산길을 달려 좁은 골목길을 지나 내려주셨다. 조금만 걸어 올라가면 전망대가 보일 거라는 말씀과 함께.

그곳은 설마 여기에 정말 전망대가 있나 싶을 정도로 오래된 집들이 즐비한 좁은 골목길이었는데, 속는 셈 치고 끝까지 올라가 보니 홀연히 시원스레 탁 트인 공간이 펼쳐졌다. 마치 어두컴컴한 곳에 있다가 갑자기 빛이 쏟아지는 세계로 나간 아이처럼 연신 두 눈을 깜빡이며 눈앞에 펼쳐진 광경을 담으려 애썼다. 뜨거운 태양 아래 상쾌하게 불어오는 바람을 맞으며 끝을 알 수 없게 펼쳐진 초록빛의 포도밭을 바라보니 뭉클한 감정이 솟구쳤다. 고요하게 유유자적이 흐르는 도오루 강에서 섬세한 빛을 발하는 윤슬이 아름다웠다. 윤승원 작가님의 윤슬이란 수필의 한 문장처럼 수면의 잔잔한 움직임을 따라 윤슬의 반짝임이 동그라미를 따라가고, 내 마음도 둥글게 따라갔다. 윤슬이 내뿜는 광채로 신비로워진 도오루 강을 바라보고 있자니 여행을 오기 전 짊어지고 있던 마음의 무거운 짐도, 과거에 대한 후회도, 미래에 대한 근심도 무심하게 흘러가는 듯했다.

난생처음 보는 이국적이고 서정적인 풍경 앞에서 새삼 대상을 한정할 수 없는 무한한 고마움을 느꼈고, 순수한 기쁨이 벅차올랐다. 묵묵히 미소를 띤 채 도오루 강을 바라보고 있던 뽀롱이 말했다. 이 순간 우리가 함께 있어 정말 행복하다고. 나는 대답 대신 손을 잡고 가만히 기도했다. 늘, 언제나, 변함없이, 영원히 변치 않는 사랑을 꿈꾸는 대신 오늘의 이 마음을 끊임없이 떠올릴 수 있는 두 사람이 되었으면 좋겠다고. 서로에게 무엇도 바라는 것 없이 그저 함께 평안하게 살아가고 있음에 만족하고 행복해하는 지금의 이 마음을 되새기며 살아가길 소망한다. 분명 서로를 미워하고 원망하며 싸울 때가 있을 테고, 막막하기만 한 생의 한가운데에서 버티지 못하고 무너질 것 같은 고난을 마주하기도 할 테지만. 같이 걸어갈 또 다른 내가 있기에 안도하며 서로를 믿고 의지하면서 살아갈 용기가 조금씩 차올랐다.

물론 이 기도와 다짐은 1시간도 되지 않아 흔들릴 위기에 처했지만. 너무 한적한 꼭대기까지 올라온 탓에 기차 시간이 임박해 왔지만, 택시가 잡힐 기미가 없었다. 지도를 보고 걸어간다 한들 꼬불꼬불한 산길을 30분 이상 내려가야 했기 때문에 시간 내에 도착할 수 없을 것 같았다. 일촉즉발의 상황 앞에서 서로가 예민해지는 것이 느껴졌지만, 우여곡절 끝에 무작정 찾아 들어간 근처 와이너리 사장님께서 불러주신 콜택시 덕분에 무사히 기차역에 도착할 수 있었다. 비록 우리는 막 기차역을 떠나는 기차의 꽁무니를 볼 수밖에 없었지만. 우린 정말 정확하게 정시에 도착했고, 기차 역시 1분의 늑장도 없이 정시에 떠나버렸다. 망연자실 한 우리를 보고 역무원이 웃으며 말했다. 몇 년간 이 역에서 저 열차가 정시에 출발하는 건 본 적이 없는데, 오늘 드디어 처음 보게 되었다고. 정말 정말 오늘만 이렇다며. 미소를 띤 채 사라지는 역무원의 등을 바라보면서 몹시 울컥했지만 결국 우린 크게 웃어 버렸다.

정말 계획에도 없던 여행이었고, 예상하지 못 했던 선물 같은 풍경을 만났으니까. Pinhao역에서 무려 정시에 열차가 출발하는 기적도 봤고. 구글 지도를 이리저리 검색해 보니 다행히 몇 번을 갈아타면 자정 전에는 포르투에 도착할 수 있었다. 아쉽게도 그날 저녁에 먹기로 했던 푸란 세지냐 맛집엔 가보지 못 했지만, 대신에 Pinhao 역 근처의 오래된 로컬 식당에서 현지인들과 시끌벅적한 저녁을 즐길 수 있었다. 외관이 꽤 허름해서 아마도 여행객이라면 들르지 않을 것 같은 곳이었지만, 다행스럽게도 우리가 가진 마지막 현금을 가지고 제법 훌륭한 스테이크와 현지인 추천 레드 와인까지 즐길 수 있었다. 정말로 매 순간 즉흥적으로 선택한 일이었지만 모든 것이 어떤 계획보다 흥미롭고 즐거웠다. 대문자 J인 뽀롱이 이 대책 없는 일정에 따라준 것이 신기하고 고마울 따름이지만, 가끔은 이렇게 움직여 보는 것도 신선하고 재미난 일이란 생각이 들어 나 혼자 몰래 다음을 기약해 보았다.

포르투갈 여행에서 돌아온 지 이제 4개월 남짓 되었지만, 모든 기억이 생생하다. 사진을 보면 가슴이 마구 뛰고 그때의 감동이 고스란히 떠오른다. 비 오는 창밖을 바라보며 이 글을 쓰고 있는 지금이 낯설게 느껴질 정도로. 한낮의 뜨거운 열기, 때때로 선선하게 불어오던 바람, 그 아래 향기롭게 익어가던 청포도가 눈앞에 아른거린다. 문득 그때가, 그때 느꼈던 충만한 행복감이 그리워진다. 잠연히 떨어지는 빗방울들은 무수한 동그라미를 그리며 퍼져 나가고, 어느새 도오루강의 윤슬이 따라가던 그 동그라미와 겹친다. 새삼 따뜻해지는 마음을 느끼며 그날의 기도를 이어간다. 오늘 마른 땅을 촉촉이 적시며 떨어지는 많은 빗방울처럼, 우리 두 사람도 잔잔하지만, 무수한 행복들을 마주하게 되길.

내년을 위한 우리 매뉴얼: 우리를 탐험하는 마음으로

오랜 시간 관계를 맺을 때 가장 흔하게 범하고 마는 실수가 상대와 내가 이미 서로 잘 알고 있다고 믿는 일이다. 일단 그런 생각에 사로잡히고 나면 상대의 생각을 묻지 않고 대충 어림짐작만으로 넘겨짚게 된다. 내가 충분히 상대의 생각을 예측할 수 있다고 믿게 되니까 때로는 그 생각이 뻔하디뻔한 것이 되고 만다. 그와 동시에 정작 내가 상대에게 해야 할 말을 하지 않고 그저 어물쩍 넘어가는 일이 늘어난다. 내가 새삼 말하지 않아도 어련히 상대가 알아채 줄 것으로 생각하기 때문이다. 그렇게 자연스레 서로 간의 대화가 줄어들게 되면 오해는 깊어지고 서로에게 실망할 일들만 쌓인다. 어슴푸레 결말이 그려지는 두려운 끝을 향해 치닫는 것이다.

30년 넘게 살아오고 있는 나 자신도 때때로 낯설고 잘 모르겠는데, 강산이 한 번 바뀌고도 남을 시간을 함께 해왔다고 해서 상대를 온전히 알 수 있을까. 그것이야말로 오만과 착각이다. 물론 오래 이어온 관계인 만큼 상대의 취향이나 버릇 같은 것들에 대해 빠삭해지고, 그가 다른 사람들에게는 보여주지 않는 모습을 보게 된다. 더불어 어떤 사람보다 가까이에서 심도 있게 그를 겪게 되지만, 그것이 그 사람의 전부를 혹은 속속들이 알게 된다는 의미는 아니다. 우리는 누구나 비밀을 가지고 있기 마련이고, 가까운 사람일수록 더욱 보여주고 싶지 않은 민낯이 있기 때문이다. 마치 영화 '완벽한 타인'의 주인공들이 그러하듯 말이다.

그것을 잘 알고 있기에 내가 상대에 대해 알고 있는 것이 그의 전부일 거로 생각하는 실수만큼은 하지 말아야겠다고 굳게 다짐해왔다. 그럼에도 언제부턴가 나도 뽀롱도 서로에 대해서 늘 이런 사람이었으니까 당연히 이렇게 생각하겠거니 지레짐작하고 넘기는 일이 많아졌다. 그렇게 안일하게 생각하고 있다가 막상 각자의 예상과 상대의 실제 생각이 사뭇 다르다는 걸 알게 되면 뭔가 속은 듯한 기분이 들기도 했다. 괜스레 지기 싫어서 당신 예상처럼 생각하진 않는다고 우기는 것 같다는 생각이 들기도 하고. 아무래도 지금까지 각자가 모르는 서로의 모습이 있었다는 게 생각만큼 잘 받아들여지지 않았던 모양이다.

곰곰이 생각해 보면 나만 해도 지금의 내가 1년 전, 혹은 몇 달 전의 나와 똑같지 않은데 말이다. 노화의 정도와 함께 고무줄처럼 늘었다 줄기를 반복하는 몸무게를 차치하더라도 소소하게 달라진 것들이 많다. 그동안 쳐다도 보지 않았던 장르의 책을 읽거나 노래를 듣기도 하고, 죽을 때까지 숨쉬기 운동만 할 것 같던 내가 필라테스를 시작하기도 했다. 심지어 진창에 빠져 허우적거리던 몇 년 전의 나와 달리 지금의 나는 생활 방식도, 삶에 대한 가치

관도 완전히 달라졌다. 내가 그러하듯 뽀롱 역시 시간의 흐름에 따라 조금씩 변화하고 성장해왔을 테다. 축구하며 즐거워하던 뽀롱이 어느새 두둑한 인격을 가지게 된 것처럼, 문제를 해결하는 방식뿐만 아니라 삶을 바라보는 시각도 달라지고 성숙해졌을 거로 생각한다.

심리학 이론 중에는 자기 확장이론 (self-expansion)이라는 것이 있다고 한다. 이것은 누구나 자신의 자아를 확장하길 원하는 본능이 있다는 것이다. 이 이론을 연애에 적용해 보면 오래 만난 상대일수록 만나는 게 지루해지고 점점 무의미해지는 것 같다는 느낌이 들 수밖에 없다. 연애 초반과 달리 상대의 새로운 면을 발견하지 못하게 되고, 자연스레 자신이 확장되는 경험을 할 수 없기 때문이다. 그래서 이전에 같이하지 않았던 새롭고 도전적인 활동을 함께 하는 것이 건강한 관계를 유지하는 데 도움이 된다고 한다. 자기 확장도 경험하고 상대의 새로운 모습도 발견할 수 있으니까.

역시 중요한 것은 상대를 익숙한 시각에서만 바라보지 않고, 열린 마음을 가지고 상대의 다양한 모습을 찾고자 노력하는 일이다. 이제부터라도 우리 둘 다 경솔하게 상대에 대해 단정 짓지 말아야겠다. 내가 기억하는 어린 뽀롱과 지금의 뽀롱이 다르듯, 뽀롱이 기억하는 어린 나와 지금의 나도 다르니까. 서로가 상대에 대해 이미 많은 것을 알고 있다는 생각보다는 서로의 변화를 인정하고 어떤 면이 달라졌는지 탐험하는 마음으로 상대를 바라봤으면 좋겠다. 좀 더 자주 상대를 관찰하고, 요즘에는 어떤 생각을 하고 어떤 감정을 느끼는지 물어봐야겠다. 더불어 매년 함께 멀리 여행을 떠나보는 것도 좋겠다. 그렇게 서로에 대해 새로운 경험을 하고 배워 가면서 우리의 세계를 함께 넓혀 나가고 싶다. 이것이 내년을 위한 우리 매뉴얼이다.

응, 삶은 예술이야

우리 곁에 머무른 문장, 영화, 음악, 음식, 향에 관한 기록

홀로움을 위하여

삶은 고독을 끌어안고 사는 것이라 생각한다. 하지만 불과 몇 년 전만 하더라도 나는 고독을 즐기거나 그로부터 위로를 받진 못했다. 소중했던 친구가 자살한 이후 그저 마냥 외롭다 느꼈다. 에펠탑 밑에 비를 맞은 채 홀로 서 있는 생쥐처럼, 새벽 1시, 연남동에 홀로 서 있는 빈 맥주캔처럼. 나와 비슷한 경험을 한 사람이 아니라면 나의 상황을 이해하거나 나의 이 공허하고 서글픈 마음에 공감할 수 없을 것이라 믿었다. 나는 어느 곳에도 소속되지 못한 채 부유하는 사람이었고, 나란 존재는 누구에게도 스며들 수 없을 것으로 생각했다. 본디 상대를 온전히 이해하는 것은 불가능한 일임에도 그때는 그것을 받아들이지 못했다. 단지 나라서, 혹은 나만 그런 것처럼 느껴졌다.

그렇게 내가 친구의 부재를 자책하며 몹시 힘들어하던 시기에 나는 사회에 첫발을 내디뎌야 했고, 뽀롱은 한국을 떠났다. 친구뿐만 아니라 뽀롱도 없이 홀로 덩그러니 남겨진 나의 심리상태는 너무나 우울하고 불안했다. 건강한 몸과 마음도 아니고 엉망진창인 상태로 첫 회사에 적응하려니 무탈하게 안착할 리 만무했다. 온 신경이 예민해져서 마치 언제 끊어질지 모르는 팽팽한 고무줄처럼 모든 생활이 아슬아슬하기만 했다. 뽀롱 또한 힘겨운 상황인 것은 마찬가지였다. 그곳에서 언제 한국으로 돌아올 수 있을지 기약할 수 없는 상태였고, 생각보다 언어의 장벽은 높고 견고한 듯 보였다. 그때는 뽀롱의 입장에서 생각해 볼 여유도 없었지만, 분명 뽀롱 역시 모든 것이 새로운 곳에서 홀로 시작하는 일이 몹시 부담스럽고 버거웠을 테다.

게다가 우리는 낮과 밤이 완전히 반대가 되어버린 상황이었기 때문에, 서로 연락을 주고받는 것 자체가 쉬운 일이 아니었다. 때 이른 아침이든, 늦은 밤이든 졸린 눈을 부여잡고 상대를 기다려야 했다. 우리 모두 힘든 상황이었건만, 나는 뽀롱이 얼마나 외롭고 고단한지 보듬어주지 못했다. 너무나 부끄러운 이야기지만 그때의 나에게는 그럴 여력이 없었다. 나 한 사람의 몫을 해내는 일조차 제대로 해낼 수 없었기 때문이었다. 오로지 나의 상실감과 아픔에만 몰입하는 나에게 많이 서운했을 텐데, 뽀롱은 그런 내색을 하지 않았다. 참 고맙고 미안하게도 뽀롱은 본인의 힘겨움을 나누기보다는 나의 짐을 덜어주고자 애썼다. 말도 잘 통하지 않는 곳에서 하루의 대부분을 보내고 나면 뽀롱도 하고 싶은 이야기가 참 많았을 텐데, 언제나 나의 일상에 관해 먼저 묻고 이야기를 들어주었다. 그렇게 뽀롱은 한결같이 곁을 지켜 주었다.

여느 사람들의 말처럼 정말 시간이 약인 듯 제법 오랜 시간이 지나니 나의 주변을 돌아볼 여유가 생겼다. 그제야 뽀롱에게 너무나 미안한 마음이 일었다. 그곳에서 보내는 시간이 뽀롱에게 얼마나 큰 의미가 있는지 알았으면서도 오롯이 뽀롱의 삶에 집중할 수 있게 도와주지 못한 것이 후회스러웠다. 새삼 내가 힘들다는 이유로 뽀롱의 인생까지 망칠지도 모른다는 생각에 덜컥 겁이 났다. 물귀신처럼 언제까지고 힘든 뽀롱을 부여잡고 내 우울의 구렁텅이 안으로 마냥 끌고 들어갈 순 없었다. 그제야 적극적으로 상담에 임할 수 있었고, 외면하고 있었던 해묵은 문제들을 하나씩 풀어나가기 시작했다. 그리고 뽀롱의 권유로 지금까지 함께 하는 온라인 글쓰기 모임인 '조금 적어도 좋아'에 참여하게 되었다.

책을 읽고 글을 쓰기 시작하면서 혼자 끌어안은 채 끙끙 앓고 있었던 마음의 짐들을 꺼내 들여다볼 시간을 갖게 되었다. 처음에는 낯설고 어렵기만 했는데, 조금씩 읽고 쓸 수 있는 혼자만의 시간이 편안하게 느껴지기 시작했다. 여전히 물리적으로는 뽀롱과 멀리 떨어져 있었지만, 이전보다 외로움을 느끼는 날은 줄어들었다. 마침내 고독과 외로움의 사전적 의미는 유사하지만, 완전히 다른 의미가 있음을 조금씩 깨닫게 되었다. 홀로 있는 상태를 즐거움으로 표현하느냐, 고통으로 표현하느냐에 따라 고독과 외로움으로 구분된다는 것을 말이다.

이제는 고독이 나다움을 찾기 위해 스스로 선택하는 긍정적 자기 격리를 의미한다는 것을 안다. 자연스레 고립의 순간을 기다리곤 한다. 누군가에게, 특히 뽀롱에게 마냥 기대려 하지 않고, 홀로 서 있을 수 있는 힘을 키울 수 있도록. 나는 그렇게 뽀롱과 적절한 거리를 유지하며,

접촉 없이 홀로 있되 편안함을 느끼는 방법을 배워가고 있다. 그것이 가능할 때 비로소 건강한 관계 맺기를 할 수 있고, 뽀롱처럼 소중한 사람과 오랜 시간 함께 할 수 있음을 깨달았기 때문이다. 그래서 오늘도 소망한다. 언젠가는 외로움을 통한 혼자 있음의 환희를 '홀로움'으로 표현한 황동규 시인의 경지에 이르길. 홀로움은 환해진 외로움이니!

그냥 가사가 좋아서 - 부럽지가 않어

최근에 해외생활들이란 책을 읽으면서 잊고 있었던 해외 생활에 대한 로망을 떠올릴 수 있었다. 대학을 졸업하고 나면 반드시 한국을 떠나리라 다짐하던 시기가 있었다. 역시 인생은 계획대로 흘러가지 않는 법이라 대학 졸업 후 7년이 넘도록 비행기 한 번 탈 일이 없었지만. 무언가 한국만 떠나면 행복하게 잘 살 것 같다거나 눈을 뜨면 마주하게 되는 이국적인 환경에 대한 막연한 기대감 때문은 아니었다. 그냥 나를 둘러싼 모든 환경이 답답하고 지긋지긋했다. 뭔가 정형화된 삶을 강요받으며, 해당 나이에 반드시 달성해야만 하는 퀘스트 같은 것이 있어서 통과하지 못하면 실패자로 평가받는 것 같은 분위기가 싫었다.

이를테면 20살에는 대학에 가야 하고 졸업 후에는 취직해야 하고, 그러다 20대 후반이 되기 전에 결혼해야 하고 출산해야 하고... 누가 정해줬는지 알 수 없는 삶의 궤도를 따라 달려야만 했다. 나는 사람들을 따라 같은 곳을 바라보며 같은 길을 걷고 싶지 않았다. 조금 더 넓고 다양한 세상에서 살아보고 싶었고, 나만의 삶을 원했다. 비록 해외 생활의 꿈은 이루지 못했지만 20살 이후 저 궤도에서 한참 벗어난 삶을 살았다는 점에서는 어느 정도 목표

달성은 한 것 같다. 집안 어른들의 반대를 무릅쓰고 없는 집 자식으로 태어난 여자아이가 취업 대신 대학원에 진학했고, 20대는커녕 30대를 훌쩍 넘긴 시점에도 오랜 인연을 이어온 뽀롱과 결혼하지 않았으니 말이다.

지금까지는 보편적이지 않은 선택으로 이루어진 나의 삶에 대한 후회나 두려움은 없었다. 하지만 직장에 다니기 시작하면서 나 역시 조금씩 걱정과 근심이 자라기 시작했다. 매일 마주하는 동료들은 대개 유사한 삶의 양식을 고수하고 있었고, 미래에 대한 계획까지 비슷비슷했다. 사람들이 모이면 자연스레 언제 결혼하고, 언제 내 집을 마련하고, 아이들의 미래는 어떻게 준비할 것인지와 같은 것들에 관해 이야기했다. 그리고 이내 나에 대한 조언이 이어졌다. 이미 과년한 나이인데 하루라도 빨리 결혼하고 아이를 낳기 위해 노력해야 한다고. 처음에는 한 귀로 듣고 한 귀로 흘려보냈지만, 같은 이야기를 자꾸 듣다 보니 마냥 덮어 놓고 무시하기가 힘들어졌다.

다른 사람의 강요가 아닌 오로지 나의 선택으로만 살아온 삶이 자랑스러웠건만, 언제부턴가 다른 사람들처럼 과연 그것이 최선이었는지 자문하게 되었다. 나의 선택에 대한 확신이 흔들리다 보니까 알 수 없는 미래가 점점 더 불안해지고 두려워지는 것은 어쩔 수가 없었다. 그러다 보면 점점 나의 삶을 주변 사람들의 것과 비교하며 나는 어느 지점에 서 있는지 가늠하게 되고, 나도 모르게 앞선 사람들을 내심 부러워하게 되었다. 뭔가 그들의 삶은 걱정 없고 안정적으로 흘러갈 것만 같달까. 괜스레 내가 딱히 잘못 살아온 것도 아닌데 자꾸만 부족하게 느껴지고, 이미 많이 뒤처진 것 같아 괴로워졌다. 이런 생각에 휩싸여 주말마저도 의기소침해져 한껏 위축되어 있으니, 뽀롱이 재미난 영상이 있다며 유튜브를 하나 보여 주었다. 유희열의 스케치북에 출연한 장기하의 '부럽지가 않어' 무대였다.

나에게는 꽤 충격적인 무대와 음악이었는데, 공중 라이브와 너무나 잘 어울리는 몽환적이고 단조로운 멜로디가 귀 속을 파고들었다. 장기하는 그저 읊조리듯 말을 하고 있을 뿐인데 그것이 멜로디와 어우러져 리드미컬한 노래가 된다는 것이 너무나 인상적이었다. 이래서 노래하는 음유시인 장기하라고 하는 건가 싶었다. 평소 좋아하는 음악은 그루브하면서 감성적인 멜로디에 음색이 남다른 가수의 목소리가 더해진 곡들이다. 그런 면에서 '부럽지가 않어'는 내 취향에서 거리가 멀었음에도 그냥 가사가 훅 치고 들어오는 바람에 나도 모르게 계속 들으며 따라부르고 있었다. 나도 부럽지가 않다고 외치다 보면 정말 장기하처럼 부러움을 모르는 놈이 될 수 있을 것 같았다.

근데 세상에는 말이야
부러움이란 거를 모르는 놈도 있거든
그게 누구냐면 바로 나야
너네 자랑하고 싶은 거 있으면
얼마든지 해
난 괜찮어
왜냐면 나는 부럽지가 않어
한 개도 부럽지가 않어

부럽지가 않어, 장기하 노래 중에서

이 곡은 킬링 벌스가 돋보이는 곡이지만, 나는 1절의 가사가 특히 좋았다. 너에게 10만 원이 있고, 나에게 100만 원이 있다면 네가 나를 부러워하는 만큼 나도 네 덕분에 행복하고, 더 많이 가져서 만족할는지 묻는다. 장기하의 답은 아니오다. 나는 결국 1,000만 원을 가진 사람을 부러워하며 짜증이 날 것이다. 그렇다. 내가 얼마를 가졌든 남과 비교하기 시작하면 끝도 없거니와 내가 남보다 더 가졌다고 행복하지 않듯 덜 가졌다고 불행할 이유도 없는 것이다. 생각해 보면 누군가와 나를 비교하는 일은 나보다 잘난 상대와의 비교 외에도 나 자신을 타인보다 우위에 두는 일이기도 했다. 어느새 나도 모르게 비교할 수 없는 저마다의 삶을 이리 재고 저리 재며 순위를 매기고 줄을 세우고 있었던 것이다. 내 앞에 서 있는 사람들을 보며 부러워하고, 내 뒤에 서 있는 사람들을 보며 이 정도면 괜찮다며 안도해온 걸까. 부러우니까 자랑을 하고 자랑을 하니까 부러워진다는 장기하의 말처럼. 참 부끄러운 일이다.

뽀롱이 하고 싶은 말도 결국 이것이었나보다. 오직 내 삶과 내가 가진 것에 집중하며 만족하는 법을 배워야 한다고. 다른 사람과 비교하는 일은 대개 나에게 부정적인 영향을 줄 확률이 더 높으니까. 뽀롱에게 전화해서 요즘 매일 '부럽지가 않어'를 듣고 있다며, 좋은 노래를 추천해줘서 고맙다고 이야기했다. 뽀롱은 다른 사람들의 말에 지나치게 휘둘리는 내가 걱정스럽다며, 조금 더 내 삶의 중심을 묵직하게 잘 잡았으면 좋겠다고 말했다. 나 자신의 능력이나 가진 것은 작게 보면서 남이 가진 것은 매우 크게 부풀려 보는 것도 조금씩 고쳐 나갔으면 좋겠다는 말과 함께. 뽀롱은 내가 가진 게 얼마나 많은 사람인지 하나하나 읊어주었다. 든든한 가족과 친구들, 사랑스러운 반려견 두두, 밥벌이를 할 수 있는 직장, 세 권의 독립출판물, 터질 것 같은 여러 개의 책장, 항상 나를 지지해 주는 뽀롱까지!

굳이 찾아보면 뽀롱과 나에게 둘 다 없는 것은 떼돈과 집과 차 정도인데 이건 시간이 필요한 일일 뿐이라고, 좀 더 관련된 공부를 하고 차근차근 준비해 나가면 되지 않겠느냐며 서로를 다독여주었다. 조금은 웃프게 대화가 마무리되었지만, 초조하고 불안했던 마음이 누그러들어 다행이다. 아무래도 팔랑 귀다 보니 단번에 남과 비교하는 습관을 고칠 순 없을 텐데, 그럴 때마다 좀 더 현실적이고 미래지향적으로 생각해 봐야겠다. 그 사람이 가지고 있는 것 자체보다는 그러기 위해서 얼마나 노력하고 힘든 시간을 보냈을지에 집중해보는 것이다. 그리고 이를 동기 삼아 내 나름의 목표를 세우고 노력하다 보면 타인이 아닌 자신만의 기준을 바탕으로 좀 더 긍정적인 방향으로 나아갈 수 있을 것 같다. 그때까진 나쁜 생각이 고개를 들 때마다 장기하의 '부럽지가 않어'를 무한 반복하며 마음을 다스려야겠다. 나는 부럽지가 않어, 한 개도 부럽지가 않어!

사랑이란 별 하나를 길어올리는 일

오늘도 퇴근길 밤하늘 아래 별을 세며 걷는다. 빛 공해 속에 살아가는 탓에 쏟아져 내릴 것 같은 무수한 별들을 볼 수는 없지만, 오늘도 제 자리에서 고요하게 빛을 내는 별들이 얼굴을 드러낼 때면 가슴이 뛴다. 오늘 하루도 무탈하게 잘 보낸 것에 대한 인사를 건네는 것 같다. 우리는 별을 동경하곤 하지만, 우리는 모두 별에서 왔다. 우리의 우주는 빅뱅으로부터 탄생했고, 이때 우주 공간에 널리 퍼진 수소와 헬륨이 모여 별이 탄생했다. 그중 아주 무거운 별은 진화의 마지막 단계에서 급격한 폭발을 일으키며 그 잔해를 우주 구석구석으로 퍼뜨렸다. 퍼진 별의 파편은 또 다른 별이 되고, 그 별 주위를 돌고 있는 행성이 되며, 그 행성을 도는 위성이 되었다.

다시 말해 우주를 떠돌던 별의 물질들이 모여 지구를 만들고, 지구의 다양한 생명체와 인류를 태어나게 한 것이다. 우리는 별의 잔해로부터 태어났고 죽음과 동시에 별 속에서 만들어진 원소로 돌아가 우주를 떠돌다 또 별이 되고 행성이 된다. 그런 면에서 우리는 하나하나가 반짝이는 별인 셈이다. 스스로를 태워 반짝이는 빛을 내는 항성이든, 항성의 빛을 반사하여 반짝이는 행성이든 모든 별이 그러하듯이 우리도 언제나 빛나고 있다. 그 반짝임이 아무에게나 보이지 않는 것 뿐이다. 어쩌면 사랑이란 무수히 많은 별들 가운데 누군가에겐 전혀 보이지 않을 만큼 미약하게 빛나는 별 하나를 길어올리는 일인지도 모르겠다.

너는 나에게서 보일 듯 말 듯 한 희미한 빛을 발견하고 성큼 다가온 것일까? 아니면 내가 먼저 반짝이고 있는 너를 향해 조금씩 다가간 것일까? 그저 세계는 캄캄했으니, 자신에게서 찾을 수 없는 빛을 찾으려 애쓰는 마음이 결국 닿은 곳에 별이 있었는지도. 너라는 별 말이다. 나는 오랫동안 블랙홀 같은 어둠 속에 잠겨 있었다. 어떤 빛이든 삼켜버리고 마는 그곳에서 나도 빛날 수 있을 거란 생각을 해본 적이 없었다. 그저 반짝이는 사람들이 뿜어내는 빛을 마냥 동경할 뿐이었다. 나는 그 사람들처럼 자신을 스스로 태워 빛을 내는 방법을 알지 못했다. 어쩌면 태울 수 있는 무언가를 이미 다 소진해버린 건지도 몰랐다.

나는 진짜 별이 되는 법을 잊어버렸다. 나에게는 빛이 없다고, 앞으로도 빛날 수 없을 거라 믿었다. 그럼에도 너에게는 사그라들어 가는 나의 빛이 보였나 보다. 너는 나를 블랙홀 같은 어둠 속에서 끄집어내고 빛나는 별들이 수를 놓는 아름다운 세상으로 이끌었다. 빛나는 저 별들처럼 나에게도 미미하지만, 빛이 아직 살아있다고, 다시 빛날 수 있다고 끊임없이 말해주었다. 그리고 내가 다시 별이 될 수 있도록 너의 빛을 내어주었다. 그렇게 나는 너라는 별에 이끌려 그 주위를 돌고 있는 행성이 되었다. 아직 자신을 스스로 태워 빛을 낼 순 없지만, 네가 보내는 빛을 반사하며 조금씩 반짝일 수 있다. 너를 통해 홀로 빛나야만 별이 아니라는 것을 배웠다.

언젠가 그런 글을 읽은 적이 있다. 우주에 있는 무거운 원소들은 모두 별에서 생성된다. 다만 철보다 무거운 원소가 만들어지려면 엄청난 에너지가 필요하게 되는데, 이것이 가능한 상황이 초신성 폭발이다. 그런데 최근 과학자들이 이 초신성 폭발보다 중성자별끼리 충돌할 때 가장 많은 금을 만들어 낼 수 있다는 연구 결과를 발표했다. 중성자별의 충돌이 없었더라면 지구가 만들어지지 않았을 테고, 그러면 우리 또한 만들어지지 않았을 수도 있다. 그것은 마치 사랑을 품은 사람과 사람이 만나 만들어 내는 기적과 같다. 별의 후예인 너와 내가 만나 어떤 귀한 것을 내어놓을 수 있을까. 부디 그것이 세상을 더 아름답게 만들고, 빛을 잃은 다른 별이 다시 빛날 수 있도록 하는 것이길 바란다.

후각의 일주일

향기로 남겨진 기억만큼 아련한 것이 있을까. 쉽게 잊히지도, 다른 무언가로 덮어지지도 않는다. 스냅 사진처럼 남겨진 기억보다 더 강력하게, 특별했던 그 순간의 감정과 추억을 불러일으킨다. 그래서 우리는 특정한 향기를 맡는 찰나 속수무책으로 그때, 그곳으로 끌려가고 만다. 그것이 기분 좋은 기억이든, 가슴 아픈 기억이든 상관없이. 심리학에서는 이렇게 향기에 자극받아 과거의 기억이나 감정이 떠오르는 현상을 '프루스트 현상'이라 부른다. 실제로 코의 신경 세포는 감정을 만들어 내는 편도체와 기억이나 연상학습을 담당하는 해마와 연결되어 있다고 한다. 따라서 향기로 간직된 지난날의 기억은 더 생생하고 감정적으로 풍부하게 되살아날 수밖에 없다.

뽀롱이 길다면 길고, 짧다면 짧을 1년이란 시간 동안 한국을 떠났던 적이 있다. 그전에는 둘 다 바쁜 실험실 생활에 쫓겼기 때문에 여느 연인들처럼 여행을 가서 둘만의 추억을 만든다던가, 우리가 자주 찾아가는 특별한 장소가 있진 않았다. 그저 기숙사와 실험실을 시계추처럼 오가는 것이 일상이었기에 가장 빈번하게 방문했던 곳은 기껏해야 실험실이거나 학교 주변 식당 혹은 카페였다. 너무나도 당연하게 함께 있었던 공간에 막상 혼자 머물게 되니 문득문득 뽀롱의 빈자리가 느껴지곤 했지만, 다행스럽게도 감정이 복받치거나 회상에 잠기진 않았다. 하지만 나에게도 프루스트 현상을 일으켰던 향기가 있다. 바로 라일락 향기다.

우리는 퇴근하고 여유가 있을 때면 학교 안을 거닐곤 했는데, 꼭 지나게 되는 곳이 비밀의 정원처럼 양쪽으로 아름드리나무가 죽 늘어선 길이었다. 정확히 어디에 있는지는 알 수 없었지만 어디선가 바람을 타고 날아온 라일락 향기가 느껴질 때면, 힘들었던 오늘을 위로받는 느낌이 들곤 했다. 평소에 불평과 불만이 가득한 나였지만, 이 순간만큼은 긴장과 불안 속에서 보냈던 하루의 끝자락에 누군가와 함께 이토록 안온함을 누릴 수 있음에 감사했다. 우리는 바쁘다는 핑계로 자주 계절의 변화를 놓치곤 했는데, 라일락 덕분에 봄이 완연해졌음이 실감 날 때면 괜스레 설레는 감정이 둥실둥실 떠오르는 것 같았다.

그렇게 7번의 봄을 맞이하고 나니 몹시나 특별했던 그 순간들은 행복하지만 평범한 봄날이 되어 기억의 뒤편으로 사라졌다. 어딘가에 자리하고 있다는 것도 몰랐었는데, 그 기억은 뽀롱이 떠나고 난 뒤 집 앞을 걷다 맡게 된 라일락 향기와 함께 불현듯 찾아왔다. 애틋한 그리움을 품고서. 갑작스레 뽀롱의 부재가 아주 큼지막하게 다가왔고, 새삼 외롭다는 생각이 들었다. 내가 사무치게 그립고 외롭다는 감정을 느낄 줄은 몰랐다. 누군가가 떠나가는 모습을 바라보는 것이 괴롭고 두려워 누구를 만나든 적당한 거리를 두고 마음을 많이 내어주지 않으려 애썼는데.

그것이야말로 사랑 앞에선 애당초 불가능한, 어리석은 바람이었음을 깨닫게 되었다.

그 후로는 내가 만든 조그마한 틀 안에 마음을 가두려 버둥거리지 않았다. 대신에 어떠한 감정을 느끼든 그것은 부끄럽거나 피해야 하는 일이 아니기에 느낀 그대로 두고 지켜보고자 노력했다. 내가 사랑에 빠지고 이별을 두려워하는 것은 그저 실체를 잘 모른다는 이유로 지레 겁을 먹고 도망쳤기 때문이 아닐까 하는 생각이 들었기 때문이다. 그러면서 차츰 헤어짐이나 기다림은 괴로운 것, 외로움은 두려운 것이라는 생각에서 벗어날 수 있었다. 그렇게 뾰롱이 없던 1년이란 시간 동안, 나는 사랑에 관해서만큼은 많이 성장할 수 있었던 것 같다. 언젠가 '모리와 함께한 화요일'이란 책에서 보았던 감정으로 세수를 하고 흘려보내라는 문장이 어떤 뜻인지 알게 되었으니까.

돌이켜보면 라일락 향기가 데려다준 기억과 감정은 삶이 나에게 준 선물이자 기회였다. 그것이 변화를 일으켜 내가 경험하고 수용할 수 있는 감정을 풍부하게 만들었고, 그만큼 나의 삶 또한 더 말랑말랑하고 풍성해졌을 테니까. 언제, 어디에서든 향기를 통해 돌아가고 싶은 순간이나 함께 하고 싶은 사람을 떠올릴 수 있다면 얼마나 행복할까. 그래서 꼭 기억하고 싶은 순간이 있다면 그때의 향기를, 혹은 특정한 향기를 연결해 간직하고자 한다. 나만의 향기 상자를 만들어 소중히 잘 담아 두었다가 초콜릿처럼 꺼내 먹고 싶다. 불현듯 새해의 목표는 다양한 향기를 기억할 수 있도록 후각 훈련하기가 될지도 모르겠단 생각이 든다. 하나의 향기에 하나의 이야기를, 혹은 한 사람을 오롯이 담을 수 있도록.

원래 오늘의 일은 내일의 나에게 미루는 법이니까. 르네 뒤 뱅 앞에 앉아 고군분투하고 있는 나의 모습을 상상하며, 미래의 나를 응원해 본다.

우정의 목소리

어떤 글에서 목소리는 와인과 같다는 문장을 읽은 적이 있다. 어떻게 쓰느냐에 따라 가장 좋은 와인일 수도 있고, 질이 떨어지는 증류주일 수도 있다는 이야기였다. 확실히 어떤 목소리는 사람의 마음을 따뜻하게 어루만지지만, 어떤 목소리는 마음이 차갑게 얼어붙도록 만든다. 사람을 일으켜 세우는 목소리가 있는가 하면, 사람을 처지고 무기력하게 만드는 목소리가 있다. 물론 어떤 말을 어떻게 하느냐에 따라 사람을 보듬을 수도 있고 반대로 아프게 만들 수도 있겠지만, 그 말을 담는 그릇인 목소리 역시 못지않게 중요한 요소인 셈이다. 아무리 다정한 말이라도 서슬 퍼런 독기를 품은 목소리로 말한다면 곱게 들릴 리 만무하다. 그래서 목소리는 마음의 거울이며 삶의 흔적이자 영혼의 표현이라고까지 말하나 보다.

그런 면에서 제법 좋은 목소리를 가진 뽀롱이 부럽긴 하다. 목소리만으로도 다정다감하고 반듯하게 잘 자란 느낌을 주기 때문이다. 외모는 뽀로로를 빼다 박은 뽀롱이지만 목소리는 의외로 몽글몽글하게 부드러운 느낌의 중저음이다. 상당히 안정감이 있고 느긋함이 배어있는 목소리라 듣는 이로 하여금 제법 편안하게 들린다. 거기다 워낙 차분하고 조곤조곤히 말하다 보니 뭔가 신뢰감이 상승하는 느낌이랄까. 그래서 그런지 뽀롱에게 고민을 이야기하거나 진로에 대한 조언을 구하는 후배들이 많았다. 남녀 불문하고 뽀롱 앞에서 눈물을 흘리며 근심과 걱정을 쏟아내는 후배들의 모습을 여러 번 보았다. 그들은 뽀롱과 한참을 이야기하고 나면 한결 가벼워 보이면서도 어딘가 옹근 표정으로 분연하게 일어나 돌아가곤 했다.

때로는 그 모습을 보며 부럽기도 하고 내심 서운한 마음도 들었다. 다른 사람에게는 더없이 다정하게 순한 맛으로 조언을 해주는 것이 보였기 때문이다. 대개 뽀롱은 나에게 둘도 없는 핵 매운맛 팩트 폭격기이다. 누가 ESTJ 아니랄까 봐 감정적인 공감보다는 객관적이고 논리적이며 현실적으로 '사실'만을 쏟아낸다. 그럴 땐 뽀롱의 목소리가 건조하면서도 서늘하고 딱딱하게 들려서 뽀롱의 말이 너무나 냉정하고 따갑게 다가온다. 그렇게 장시간 듣고 있다 보면, 내가 듣고 싶지 않았는데도 뽀롱이 나서서 말하는 게 아니라 먼저 조언을 구해서 답을 하는 것뿐인데도 어느새 울컥울컥하게 된다. 그럼에도 딱히 뽀롱이 틀렸다고 반박할 만한 근거가 없다는 것이 묘하게 분하게 느껴지기도 하고, 내가 너무 현실 감각 없이 두루뭉술하게 살고 있는 건 아닌가 하는 걱정이 밀려든다.

그러다 보면 아무리 표정을 숨기려고 애를 써도 내 목소리 또한 변해서 다 티가 나고 만다. 누가 들어도 내 심사가 뒤틀렸다는 게 느껴질 정도로 무겁게 내려앉고 퉁명스러운 목소리로 방어적이고 부정적인 말만 늘어놓는다.

따지고 보면 구구절절 뽀롱이 옳은 말을 해주는 것을 알고 있을 때도 청개구리처럼 구는 내가 무척 억지스럽고 볼썽사납다는 생각이 든다. 그럼에도 끝까지 틀린 것을 인정하기 싫어 떼쓰는 꼬마처럼 멈추질 못한다. 이럴 거면 굳이 바쁜 사람 붙잡고 의견이나 생각을 묻지나 말지, 본인이 아쉬워서 물어봐 놓고 이건 이래서 안 되고, 저건 저래서 안 된다고 대꾸하기 바쁘니 뽀롱의 불필요한 감정 소모에 시간 낭비까지 민폐도 이런 민폐가 없다. 뽀롱은 얼마나 어이가 없고 화가 날까. 엄청 답답하고 짜증도 많이 날 테다.

대체 언제쯤 철이 들어서 나에게 불편한 이야기일지라도 성숙하게 조언을 받아들이는 어른이 될는지 모르겠다. 여전히 공감보다는 문제의 해결책을 먼저 내미는 뽀롱이 미워질 때가 있는 것을 보면 아직 먼 것 같지만. 다행스럽게도 예전에 비해 뽀롱도 좀 더 다정다감한 목소리로 순한 맛 조언을 건네고, 나도 짜증과 불만이 잔뜩 섞인 목소리로 가시 돋친 말을 내뱉진 않는다. 대신에 속상한 감정이나 의사를 더 분명하게 부드럽고 차분한 목소리로 말하려고 노력한다. 그러다 보니 서로가 상대의 짜증을 유발하거나 감정을 상하게 만들어 큰 싸움으로 번질 일은 줄어드는 것 같다. 확실히 좋은 생각과 말을 품고 자주 표현해야 목소리에도 긍정적인 기운이 서리고, 상대에게도 좋은 느낌이 전달되는 것 같다.

그래서 자연스럽게 후배들이 뽀롱에게 조언을 구하며 따랐던 게 아닐까 싶다. 마음먹은 대로 일이 풀리지 않아 답답하고 자꾸만 조급해질 때, 누군가에게 털어놓기 부끄러울 정도로 유치한 고민을 할 때, 불안과 두려움에 압도되어 옴짝달싹할 수 없을 때 내가 뽀롱을 가장 먼저 찾는 것과 마찬가지 이유로 말이다. 뽀롱은 매사를 늘 긍정적으로 생각하려고 노력하고, 안 될 것 같다며 포기하기보다는 어떻게든 될 방법을 찾는 사람인 만큼 그의 말과 목소리에는 희망과 확신이 담겨 있으니까. 나도 그런 점을 닮기 위해 노력하고자 한다. 뽀롱뿐만 아니라 나와 일상을 함께 하는 사람들에게 좋은 기운을 담아 힘이 나게 하는 목소리로 응원을 전하고 싶다. 소중한 나의 사람들에게 가장 좋은 와인을 선물하는 마음으로.

비포 미드나잇

간밤에는 무서우리만치 세차게 내리던 비였는데, 다행스럽게도 아침이 되니 그 기세가 제법 약해져 있었다. 아무래도 추적추적 비가 내리는 월요일 아침의 출근길은 여느 월요일보다 더 마음이 무겁게 가라앉았다. 뜨끈한 이불 속에서 꼼지락거리며 느긋하게 하루를 보내면 좋으련만 그 아늑함을 박차고 일어나 문밖으로 나서기가 힘들다. 설상가상 당연히 있을 줄 알았던 멀쩡한 우산은 한 개밖에 보이지 않고, 살이 부러졌거나 거센 바람에 쓸 수 없는 약한 우산만 눈에 띄었다. 안 그래도 정신없이 분주한 아침 출근길인데 우산을 찾느라 더 지체할 순 없어 뽀롱과 한 우산을 쓰고 출근하기로 했다.

비는 잠잠해졌지만 거칠고 매섭게 불어오는 바람을 맞으며 우산 하나에 의지해 걸으니 한쪽 어깨가 조금씩 젖어 들었고, 슬그머니 짜증이 올라왔다. 자칫하면 한껏 퉁명스럽고 날이 선 말투로 뽀롱에게 말하게 될 것 같아서 입을 꾹 다물고 있었다. 눈치 빠른 뽀롱은 우산 때문에 내가 화가 났다는 걸 알아차렸는지 조금은 억울한 듯 말했다. 뽀롱이 놔둔 물건을 마음대로 옮겨 놓으니까 도통 어딨는지 찾을 수 없는 거라고. 그 말에 급발진하게 된 나는 애당초 물건이 원래 있던 자리에 놓지 않고, 뽀롱이 쓰다가 아무 데나 내키는 곳에 두니까 내가 치울 수밖에 없는 거라고 되받아쳤다. 그렇게 몇 번 가시 돋친 말이 오고 간 뒤 각자의 출근 버스를 향해 돌아서고 말았다.

안 그래도 월요병 때문에 몸도 마음도 천근만근 무거운데 별것도 아닌 일로 감정 소모를 하고 나니 회사로 향하는 발걸음이 더욱 무거워졌다. 그렇게까지 서로를 탓하며 화를 낼 일은 아니었는데. 순간적으로 솟구친 짜증을 참지 못하고 상대에게 마구 쏟아내 버린 나 자신이 한심하게 느껴졌다. 평소에는 차분하다가 오늘따라 손뼉을 마주친 뽀롱에게 앙앙한 심사가 생기기도 했다. 불현듯 얼마 전에 봤던 '비포 선라이즈, 비포 선셋, 비포 미드나잇'이란 영화를 소개하는 글이 떠올랐다. 그 글에는 이런 문장이 있었다. '둘이 걸으며 끝없이 대화를 나누는 건 같은데, 어쩐지 함께 살며 부부가 되어버린 둘은 예전 같은 설렘이나 사랑보다는 짜증과 핀잔이 가득했다.'

아차 싶었다. 혹시 요즘 뽀롱과 나의 대화 또한 그러하지 않았는지 되돌아보게 되었다. 영화 속 주인공들처럼 우리도 20대에 만나 30대를 지나 언젠가 다가올 불혹을 바라보고 있는 시점이니까. 어느새 우리 사이를 오가는 감정을 사랑보다는 정, 의리, 신뢰, 연대 같은 감정으로 설명하는 게 더 쉬워진 걸까. 물론 우리가 한배를 탄 운명공동체라는 연대감은 참 든든한 일이지만 풋사과같이 싱그러운 설렘이 없는 사이라니 조금은 서글픈 기분이 되었다. 기분 좋은 떨림과 두근거림이 언제나 계속될 수는 없겠지만 그러한 순간을 떠올렸을 때 자연스레 미소를 짓게 되는 건 어쩔 수 없나 보다. 결국 여느 사람들의 말처럼 사랑은 시간이 흐를수록 점점 빛이 바래가고 끝내 권태로 남겨질 수밖에 없는 걸까.

그렇지만 단연코 나는 16년 동안 뽀롱을 만나오면서 질린다거나 무료하다고 생각한 적은 없었다. 서로가 멀리 떨어져 바쁜 탓에 정작 꽁냥꽁냥 데이트를 한 시간은 많지 않아서 우리 사이의 시간이 어찌 지나갔는지 새삼스럽기도 하고, 16년이나 흘렀다는 게 잘 실감이 나지 않기 때문이다. 그럼에도 함께 공유했던 시간과 장소가 켜켜이 쌓여 지루하다 느낄 틈 없이 대화를 이어갈 수 있다. 물론 우리도 여느 연인들처럼 눈만 마주쳐도 으르렁대며 싸울 때가 있었고, 이럴 바엔 헤어지자며 격양된 상태로 아픈 말을 주고받기도 했다. 다만 누구도 자존심을 내세우며 냉전 상태를 오래 끌진 않았기 때문에 벌어진 상처를 빠르게 치료해서 위태로운 시기도 잘 넘어온 듯하다.

분명 지금의 뽀롱과 내가 상대방에게 극한의 매력을 느끼며 순간적인 떨림이나 흥분으로 가득한 열정적인 사이는 아니다. 분명 그 열정이 한없이 지속되기란 불가능에 가까운 만큼 우리가 함께 걸어온 시간에 비례하여 열정 또한 감소해 왔을 테다. 다만 그 열정은 우주의 먼지 속으로 영영 사라진 것이 아니라 친밀감, 책임, 헌신, 신뢰 등으로 얼굴을 바꿔왔을 뿐이다. 이 과정이야말로 사랑이 퇴색되는 것이 아니라 성숙해지는 방향이라고 생각한다. 함께 있으면 편안하고 즐겁고, 따뜻하고 편안한 느낌 속에서 서로를 향한 헌신의 약속을 주고받는 일이야말로 사랑을 지속시키는 주요한 요소니까. 확실히 온전한 사랑의 모습을 만들어 가는 데 열정만으로는 부족하다.

요즘 들어 뽀롱과의 사이에 짜증과 핀잔이 늘어난 것도 친밀감이 과도하게 분비된 탓이라며 긍정 회로를 돌려 본다. 뇌과학적으로 인간이 가까운 사람에게 화를 내는 이유는 그 사람과 나를 동일시하기 때문이라고 하니까. 뇌에는 나를 인지하는 영역이 있고, 타인을 인지하는 영역이 있다고 하는데, 나와 가까운 관계일수록 나를 인지하는 영역에 가깝게 저장되어 있다고 한다. 그래서 바람직하진 않지만, 상대가 나라는 생각에 통제하고 싶어지는 것이다. 그뿐만 아니라 심리과학최신경향 저널에 실린 내용을 보면 사람들은 가족과는 강력한 유대관계가 있기 때문에 직접적인 공격을 해도 관계가 깨지지 않을 것이라는 막연한 믿음이 있다고 한다.

종합해 보면 뇌과학의 영역이든 심리학의 영역이든 가까운 관계일수록 짜증이나 화 같은 일상적인 공격성을 보이기 쉬워진다고 말한다. 그럴 의도가 있었느냐의 여부와 관계없이 이러한 공격은 모두 대체로 잘 아는 사이에서 일어날 수밖에 없는 것이다. 때로 우리가 두려움을 느껴야 할 상대가 낯 모르는 사람이 아니라는 사실은 몹시 서글프다. 특히나 화를 내는 것은 상황에 대한 통제권이 없는 사람이 통제권이 있는 것처럼 보이게 하기 위함이라고 하니 가까운 주변인들에게 화를 내는 것이야말로 수치스럽게 생각할 일이다. 우리가 소중하게 생각하는 존재일

수록 익숙함과 친숙함을 경계하고 서로 간의 감정과 생각을 솔직하게 공유하기 위해 노력해야 할 것이다.

결국 진짜 사랑이란 것은 상대방이 나와 전혀 다른 독립적인 존재라는 것을 인정하고, 상대방을 있는 그대로 존중하면서 서로가 조화를 이루며 관계를 맺어가는 일인가보다. 냉혹하고 잔인한 세상 속에서 온전히 믿고 의지하며 버팀목이 되어주는 상대가 있음에 감사할 일이다. 상대가 주는 편안함과 안정감을 당연하게 여겨 지루해하기보다는 그 사랑을 소중하게 가꾸어 나가고 싶다. 다정함으로 무장한 성숙한 사랑으로. 그리고 사랑과 진심을 표현하는데 인색해지지 않으려 한다. 그래서 뽀롱이 좋아하는 것과 싫어하는 것을 잘 알고 있는 만큼 소소하지만 살뜰하게 챙겨주고, 뽀롱이 좋아하는 취미를 공유하면서 함께 보내는 시간을 돈독하게 채워 나가고 싶다. 일단 오늘 저녁에는 뽀롱에게 귀여운 춘식이 우산과 함께 미안함과 고마움을 담은 작은 손쪽지를 내밀어야겠다.

그냥 가사가 좋아서: 나를 사랑하지 않는 그대에게

벌써 까마득한 옛날 일이긴 하다. 이렇게 무더운 계절에 딱히 어울린다고 볼 수 없지만, 무한 반복으로 듣던 노래가 있었다. 이소라의 '나를 사랑하지 않는 그대에게'였다. 이 노래는 시작과 동시에 눈물이 날 정도로 좋았다. '난 너에게 편지를 써'라는 노랫말을 읊조리듯 담담하게 노래하는 이소라의 목소리는 정말 환상적이었다. 그녀의 숨소리마저도 노래라는 말이 실감 날만큼. 게다가 특별한 것 없는, 정말 그냥 누군가가 고백하듯이 이야기하는 가사는 내 마음을 고스란히 옮긴 것만 같았다. 나 또한 나를 사랑하지 않는 사람의 마음이 너무나 간절했던 순간이었으니까.

난 괴로워 니가 나 아니라
다른 사람에게만
웃고 사랑을 말하고
또 그렇게 싫어해 날-
난 욕심이 너무 깊어
더 많은 걸 갖고 싶어
너의 마음을 가질 수 없는 난 슬퍼

나를 사랑하지 않는 당신에게, 이소라 노래 중에서

그 사람에겐 이미 사랑하는 사람이 있었다. 그 사람 곁에 있지 않고 공부하기 위해 외국으로 떠난 상태이긴 했지만. 나의 마음을 아는지 모르는지 그는 우리가 순도 100% 우정을 나누고 있다고 생각했던 것 같다. 그 사람은 종종 연인에 대한 이야기를 털어놓곤 했다. 두 사람만의 추억, 몹시 그리워하는 마음, 때로는 멀리 떠난 것에 대한 원망 같은 것들에 대해서. 그럴 때마다 가슴 한쪽이 뻐근하긴 했다. 나와 같은 마음이 되길 기대하는 건 불가능해 보였다. 이미 한 사람으로 가득 찬 그 마음속에 비집고 들어갈 수 있는 틈은 없어 보였다.

그렇다고 섣불리 마음을 드러낼 수도 없었다. 친근한 이 관계마저 어색하게 만들고 싶지 않았다. 연인이 될 수 없다면 친구로라도 곁에 남겠다는 뻔한 사랑 이야기가 나의 것이 될 수도 있음을 그때 알았다. 사랑이 무엇인지도 모르고, 내 삶에 사랑 따위는 존재하지 않을 거라 믿었던 나에게도 애달픈 사랑이 시작된 것이었다. 그 순간만큼은 세상 모든 슬픈 사랑 노래가 다 내 이야기 같다고 하던데, 나 역시 다를 게 없었다. 윤하의 '기다리다', 샤이니의 '방백', 태연의 '들리나요' 같은 노래들도 반복 재생 대상이었다. 꼭 내 마음 같다며 가사에 한껏 귀를 기울인 채 노래를 듣곤 했다.

사랑에 빠지면 안 하던 짓도 하게 되나 보다. 그 사람을 생각하며 뒤척이다 잠 못 이루는 밤들이 있었다. 그때마다 심야 라디오 방송을 들었다. 그동안 다른 사람 차를 탔을 때나 자연스레 듣게 되는 게 라디오 방송이었는데 말이다. 어느새 온화하고 다정한 목소리로 지치고 아픈 마음을 어루만져 주는 DJ의 목소리에 위로를 받곤 했다. 가슴 아픈 사랑을 하는 사람들의 사연도 어찌나 공감이 가던지. 가장 좋아하는 방송은 자정 무렵에 하는 것이었다. 매주 토요일 새벽 1시에는 사연과 함께 이소라의 '나를 사랑하지 않는 그대에게'를 신청하곤 했다. 비록 한 번도 읽힌 적은 없었지만, 누군가와 감정을 나눌 수 있다는 것 자체가 좋았다.

지금도 간혹 비가 오는 밤, 잠이 오지 않을 때면 오래전 들었던 토요일 새벽의 라디오 방송을 떠올리곤 한다. 가슴이 무너져 내리는 시기였지만, 누군가의 사연을 듣고 음악을 들으며 위로받던 그 순간만큼은 정말 좋았었는데. 때때로 그 기억마저 꿈같이 느껴져 그 기억을 흐트러뜨리고 싶지 않아 라디오를 켜진 않는다. 대신에 이소라의 '나를 사랑하지 않는 그대에게'를 듣는다. 그러면 어설프고 설익었지만, 누군가를 향한 마음만큼은 진실했던 그 시절로 돌아가는 것만 같다. 할 수만 있다면 그때의 그 마음을 지금의 나에게 길어오고 싶다. 그 순간의 순수한 마음으로 다시 사랑할 수 있도록.

내일을 잊게 해준 드라마

주변 사람들의 추천이나 인터넷의 리뷰를 통해 흥미로운 드라마를 발견하게 되면 완결이 나올 때까지 기다리겠다며 관심 목록에 넣어두는 편이다. 그렇지만 막상 시작해서 끝까지 보는 드라마는 그다지 많지 않다. 드라마는 영화보다 상대적으로 긴 호흡이 필요하므로 호기심은 넘쳐나지만, 참을성이 부족한 나에게는 진입장벽이 꽤 높은 편이다. 반면 뽀롱은 한 번 봐야겠다고 마음을 먹으면 앉은 자리에서 집중력 있게 몰아치듯 볼 뿐만 아니라 매주 업데이트가 되는 미완의 드라마일지라도 개의치 않고 시작한다. 심지어 누가 챙겨주지 않아도 어찌나 꼬박꼬박 잘 챙겨 보는지 내가 아는 깜빡이 뽀롱이 맞나 싶다. 그럼에도 나의 치명적인 게으름을 딛고 2011년의 시즌 1부터 현재의 시즌6에 이르기까지 뽀롱과 함께 빠짐없이 본 드라마가 있는데 바로 영국 드라마 '블랙미러' 이다.

제목인 '블랙미러'란 전자기기를 껐을 때 나타나는 검은 화면에 보고 있던 사람의 얼굴이 비친다는 점에서 따왔다고 한다. 제목에서 유추할 수 있듯 이 작품은 옴니버스 형식의 SF, 스릴러 드라마로써 미디어와 과학 기술의 발달이 가지고 올 어두운 이면에 대해 다루고 있다. 영국

식 블랙 코미디가 진하게 묻어나는 만큼 시종일관 냉소적이고 비판적인 면모를 보여준다. 무엇보다 실제로 실현이 가능할 것 같은 기술이 등장해 일상에서 충분히 일어날 수 있을 법한 일을 보여주기 때문에 보는 내내 작가의 상상력에 놀라면서도 찝찝한 느낌을 버릴 수 없다. 지금은 이 드라마를 넷플릭스에서 볼 수 있는데 키워드를 보면 무려 '발상의 전환, 불길한'으로 표현되어 있다.

이렇다 보니 매 에피소드가 충격적이었는데, 시즌을 통틀어 가장 기억에 남는 것은 시즌 1의 '당신의 모든 순간'이라는 에피소드이다. 이 회차에 등장하는 기술은 인간의 눈과 뇌에 각각 심어진 카메라와 기억 저장 장치가 서로 연결되어 있어서 누구든 어릴 때부터 보아왔던 모든 것을 기억할 수 있는 것이다. 원한다면 언제, 어느 때나 불러오고 싶은 시점의 기억을 불러서 재생할 수 있고, 그 기억을 타인에게 공유하는 것도 가능하다. 처음에는 어떤 사건이든 기억할 수 있다, 일생의 모든 순간을 꺼내볼 수 있다는 점에서 매력적이고 편리하게 느껴졌다. 하지만 종국에는 사람 사이의 관계가 복잡해짐에 따라 비밀이라는 것이 존재할 수 없게 되면서 많은 사람들은 파국을 맞게 된다.

결국 모든 것을 기억할 수 있다는 것도, 나와 너 사이에 적당한 비밀이 존재할 수 없다는 것도 불행을 야기할 수밖에 없다는 생각이 들었다. '모르는 게 약이다.' 라는 말이 괜히 있는 게 아닐 테다. 내가 기꺼이 삼키고 감당할 수 있는 비밀이 아니라면 함부로 판도라의 상자를 열지 않는 편이 나을 수도 있다고 생각한다. 아무리 뽀롱과 내가 16년이란 시간을 가족처럼 함께 지내왔을지라도 차마 보여줄 수 없는 서로의 바닥과 민낯이 있는 법이다. 뽀롱의 많은 것을 알고 싶을지라도 굳이 뽀롱의 핸드폰 비밀번호를 물어 일거수일투족을 알고자 애쓰지 않는 것도, 뽀롱이 드러내지 않는 것을 파헤치려 하지 않는 것도 그러한 연유다.

물론 서로의 신뢰를 무너뜨릴 수 있는 몹쓸 비밀이야 있어서는 안 되겠지만, 나 역시 굳이 뽀롱에게 알려 주고 싶지 않은 은밀한 나만의 사생활은 있을 수밖에 없다. 예를 들면 너무 귀여워서 춘식이 온수 찜질기를 산 일이라던가, 술은 안 마셨다고 했지만 직장 동료와 저녁을 먹으며 반주로 먹은 맥주 한 잔이라던가, 운동을 하러 가야 하는 날이지만 몰래 빠지고 침대 속으로 직행한 일 같은 것들 말이다. 무엇보다 나조차도 그 깊이를 다 알 수 없는 나의 어둡고 우울한 내면만큼은 있는 그대로 보여주고 싶지 않다. 이미 뽀롱은 나의 가장 어두웠던 시기를 함께 지나왔지만, 그럼에도 여전히 옹졸하고 비루해 보잘것없는 나의 바닥을 한없이 감추고 싶다. 그런 면에서 우리가 나란히 걸어온 시간을 때때로 망각할 수 있다는 것이 새삼 고맙다.

그럼에도 뽀롱과 함께 행복한 기억을 견고하게 쌓아 올릴 수 있도록 우리가 나누는 순간을 문장으로 옮기고 이따금 사진을 찍으며 부단히 기록하고자 한다. 우리가 원할 때마다 그 순간, 그 장소로 우리를 데려가 줄 수 있도록. 그렇게 우리의 웃음소리, 우리 사이를 머물던 향기, 우리가 맞잡은 손의 온기, 서로를 마주 보던 눈빛까지, 그날의 우리를 오롯이 느낄 수 있는 오감이 피어나는 순간을 만끽하고 싶다. 그래서 오늘도 자칫 무의미하게 흘러갈 수 있는 일상에서 뽀롱과 보내는 안온한 시간의 조각들을 잘 모으고 모아 우리가 함께 써 내려가는 책 속에 잘 끼워 둔다.

덧. 어쩐지 어느 순간부터 내가 드라마를 보는 것보다 어설프긴 하지만 나름 극의 전개 상황을 조리 있게 이야기해 주려고 애쓰는 뽀롱의 설명이 더 재밌게 들리기도 한다. 뽀롱은 책이든 드라마든 영화든 하나의 완결된 이야기로 요약해서 이야기하는 데 정말 재주가 없기 때문이다. 이 이야기를 했다가 저 이야기를 했다가, 마구잡이로 우왕좌왕하면서 본인의 부족한 설명에 당황하는 모습을 보는 게 몹시 흥미진진하다.

청소하면서 쓰는 응원가

참으로 부끄러운 고백이지만, 뽀롱과 나는 청소를 즐기지 않는다. 뽀롱은 제때 치우지 않고 뭐든지 쌓아두는 편이고, 나는 마지못해 쓸고 닦긴 하지만 깔끔하게 정리정돈을 잘 못하는 편이다. 그래서 청소를 좋아하며 깔끔한 사람이 보기에는 둘 다 더럽기가 도긴개긴이라 생각하겠지만, 나는 사뭇 결이 다르다고 주장하고 싶다. 어쨌든 나는 뽀롱보다는 더 열심히 치우고 제 자리에 갖다 놓으려고 애쓰지만, 뽀롱은 애당초 그럴 생각이 하나도 없기 때문이다. 평소 뽀롱이 쓰는 책상과 실험대에 쌓인 물건들의 높이와 빼곡함을 보면 웬만한 고물상을 방불케 하는 모습이라 나는 다시 태어나도 절대로 뽀롱을 이길 수는 없을 거로 생각한다.

한 번은 가까운 지인들이 다 같이 모여 뽀롱이 살고 있는 도시로 여행을 간 적이 있다. 자연스레 뽀롱의 집에서 하룻밤 신세를 지게 되었는데, 현관문을 열고 들어가는 순간 뽀롱의 책상과 다를 바가 없는 상태를 마주하고 말았다. 우리는 누가 먼저랄 것도 없이 창문을 열어젖힌 뒤 버려야 할 것들을 버리고, 빨래 후 건조된 상태로 탑처럼 쌓여있는 옷들을 개어서 서랍장에 넣었다. 널브러진 물건들은 제자리로 추정되는 곳에 가져다 놓고, 집안이 어느 정도 깨끗하게 정리되고 나서야 편안하게 이부자리를 깔고 쉴 수 있었다. 뽀롱이 우리에게 부탁한 것도 아닌데 청소와 정돈을 위해 스스로 움직이게 만드는 집안 꼴이라니! 그럼에도 가까운 지인들이 보기에는 둘 다 어지럽게 살면서 답 없기는 매한가지인가 보다. 비슷한 애들끼리 만나서 다행이라고 하는 것을 보면.

주변 사람들은 절대 믿지 않겠지만, 뽀롱과 나도 나름대로 청소와 정리 정돈에 힘쓰는 영역이 있다. 한 해 동안 쌓였던 기억을 간직해야 할 추억과 흘려보내야 할 것으로 분류하고, 마음의 묵은 때를 씻어 보내는 것이다. 이를 위해 미운 정이 들고 고운 정이 들기도 했던 지난해를 보내며 새해를 맞이할 때마다 몇 년째 의식처럼 하는 일이 있다. 바로 연말정산이다. 이 연말 정산은 흔히 말하는 13월의 월급을 위한 것이 아니다. 바로 한 해를 돌아보는 102가지 질문을 담은 독립출판물이다. 올해의 가장 한심했던 일은 무엇인지, 올해 사진첩에 제일 많이 기록된 것은 무엇인지, 올해 나의 가장 큰 도전은 무엇이었는지와 같은 질문에 답을 하면 된다.

처음에는 서로가 적은 답을 훔쳐보기도 하고 깔깔거리며 가벼운 마음으로 시작하지만, 하나둘 답을 해나갈수록 묘하게 진지해진다. 꽤 오랜 시간 고심하게 만드는 질문을 마주하기도 하고, 까맣게 잊고 있었던 기억을 떠올리게 하는 질문도 있기 때문이다. 둘이 머리를 맞대고 끙끙거리며 빈칸을 채워 나가다 보면 지나온 한 해를 꼼꼼하게 훑어보게 되고, 어느새 가지런하게 정리가 된다. 막연하게 지나온 것 같던 한 해를 주로 어떤 마음으로 보냈는지 알 수 있고, 늘 내가 생각했던 것 이상으로 감사한 일이 많았다는 것을 다시금 깨닫곤 한다. 확실히 홀가분해지는 기분이 들면서 따뜻하고 산뜻하게 새해를 맞이할 수 있을 것 같은 희망이 차오른다.

무엇보다 좋은 것은 함께 하는 사람의 한 해가 어떠했는지 밀도 있는 대화를 많이 주고, 받을 수 있다는 점이다. 우리가 가장 흔하게 하는 실수가 가까운 사람일수록 이렇게 생각하겠지, 이렇게 행동하겠지 라며 넘겨짚는 일인 만큼, 이 사람이 보낸 한 해 역시 내가 익히 알고 있는 것과 비슷하겠거니 하고 넘어가게 된다. 그런데 막상 같이 연말정산을 해보면 내가 알지 못했던 새로운 점들을 많이 발견하게 된다. 나에게는 별거 아니었을 일이 그에게는 어떤 의미로 남았는지, 주로 어떤 마음으로 한 해를 보냈는지 알게 되고, 이 사람도 내가 볼 수 없는 곳에서 조금씩 변화하고 성장하고 있었음이 느껴진다. 역시 자주 묻고 좀 더 많이 상대의 말에 귀 기울이어야겠단 다짐이 피어난다.

유독 지난해에는 우리 모두 일복이 넘쳐나는 한 해를 보냈다. 그러다 보니 12월 31일에서 1월 1일로 바뀌는 그 순간에도 새해를 맞이했다는 묘한 설렘이나 기대감은 느끼지 못했다. 그저 매일 반복되던 것처럼 또 다른 하루가 시작되었을 뿐이라는 관성에 젖어 무감각하게 지나치는 모습에 씁쓸하단 생각이 들기도 했다. 물론 변함없이 흘러가는 시간 속에서 12월 31일과 1월 1일 사이에 무슨 물리적인 차이가 있겠냐마는, 어쩐지 새로운 마음으로 환기할 수 있는 여유마저 잃은 것 같았기 때문이다. 아무렴 끊임없이 쉼표로 이어가는 것보다는 마침표를 찍고 다시 시작할 때 더 멀리 갈 수 있는 법인데 말이다.

부랴부랴 정신을 차리고 동네 책방에서 연말정산을 주문했다. 비록 1월 1일은 어영부영 지나치고 말았지만, 우리에게는 민족 고유의 대명절 설날이 기다리고 있으니까. 연말정산을 통해 다사다난했던 묵은해의 흔적을 깨끗하게 치우고, 정갈해진 마음으로 새해를 맞이하려 한다. 설 연휴의 끝자락에는 마냥 뒹굴뒹굴하면서 게으름 피우지 말고, 아늑한 분위기의 카페에서 제대로 각 잡고 앉아 빈칸들을 채워봐야겠다. 오랜만에 뽀롱과 터놓고 속 깊은 대화도 나누어 보고, 힘들었지만 한 해를 무사히 잘 버텨온 것에 대해 폭풍 칭찬도 해주고 싶다. 더불어 소소한 새해 다짐을 함께 적어 보고, 서로를 응원하며 출발해 보고 싶다. 부디 올해가 무탈하게 흘러가길, 그리고 감사한 마음으로 보낼 수 있길 바라본다.

낙주

함박눈이 펑펑 내리는 어느 고요한 저녁이었다. 홋카이도 한정 삿포로 맥주를 들이켜며 깊고 진한 맛이 좋다며 꿀떡꿀떡 마시는 뽀롱을 보고 있자니 어쩐지 감개무량했다. 물론 나도 정말 맛있다고 감탄하며 마시긴 했지만, 함박웃음을 짓는 뽀롱을 보니 저런 게 세상 행복한 얼굴인가 싶었다. 아이의 성장을 바라보는 부모의 마음이 이러한 것일까. 본래 뽀롱은 술을 좋아하지도 않을뿐더러 몸에서 그다지 잘 받지도 않는 사람이었기 때문이다. 사람들이 술의 힘을 빌려 쌓아뒀던 말을 하거나 뭔가 거칠고 격하게 행동하는 것을 싫어했고, 본인도 알딸딸한 기분 자체를 그다지 즐기지 않았다. 그런 뽀롱에게 오랜 시간 공을 들인 덕분에 마침내 맥주 한 잔의 즐거움을 느끼게 해주었으니 몹시 뿌듯하고 감개무량하다.

뽀롱이 좋든 싫든 우리는 술과 떼래야 뗄 수 없는 관계임은 틀림없다. 처음에 뽀롱과 말문을 트게 된 계기도 신입생 환영회의 술자리였다. 도통 같은 테이블에 앉을 기회가 없었는데, 모임이 파한 뒤 내가 비틀거리는 뽀롱을 기숙사에 데려다주면서 자연스레 친해지게 된 것이었다. 대개는 술 마신 다음 날 급격히 서먹해지고 마는 사이가 되는 게 보통인데, 다행스럽게도 그렇게 되진 않았으니, 인연은 인연이었나 보다. 물론 그때는 뽀롱이 내 덕분에 그렇게 꾸준히 알코올 트레이닝을 하게 될 줄은 꿈에도 몰랐겠지만. 생각해 보면 내가 A형 간염에 걸려 죽을 고비를 넘기기 전까지는 기쁠 때나 슬플 때나 힘들 때나 언제나 술과 함께했기 때문에 뽀롱이 한 잔씩만 따라 마셔도 모으면 적지 않은 양이 되었을 테다.

확실히 티끌 모아 태산이라는 말이 적확한 것이 술도 꾸준히 마시면 조금씩 주량이 는다는 것을 뽀롱을 보며 확실히 깨달을 수 있었기 때문이다. 처음에는 내가 술을 마시는 동안 맥주 한 잔에도 술기운에 잠들기 일쑤였는데, 언제부턴가 끝까지 자리를 지킬 수 있게 되었다. 그런 날들이 늘고 늘더니 이제는 회식 자리에서도 곧잘 마시고 사람들과 신나게 웃고 떠들다 안전하게 귀가할 수 있게 되었다. 정말 내 덕에 사회생활을 이만큼 잘 해내고 있다는 생각이 드니 내심 뿌듯하기도 하다. 무엇보다 여름에는 시원한 하이볼을, 겨울에는 따뜻하게 데운 사케의 맛을 아는 애주가로 거듭나게 했으니, 지금의 뽀롱을 키운 건 9할이 나다. 내가 건전하다 못해 무미건조한 일상을 살아가는 뽀롱에게 인생의 큰 즐거움 하나를 선사한 셈이다.

반대로 나는 뽀롱으로부터 스트레스를 받을 때마다 술로 풀지 않는 방법을 배웠다. 대학원에 진학하면서 생긴 나쁜 버릇 중 하나가 화가 나거나 울고 싶을 때, 우울할 때마다 절로 술을 찾게 된다는 것이었다. 이럴 때는 기분이 좋을 때 마시는 술처럼 절제가 잘되지 않았다. 딱 기분 좋게 텐션이 업될 때까지만 마시고 멈추는 것이 아니라 무언가 다 잊어버리고, 놓아버리고 싶다는 생각에 빠져들었다. 그러다 보면 주량 이상의 술을 마시게 되고 필름이 끊긴 뒤 실수하는 게 일상이 되어버렸다. 그때는 술이 우울하고 불안한 마음을 증폭시키기 때문에 치료제나 도피처가 될 수 없다는 것을 몰랐다. 오히려 예상치 못 했던 갈등이나 경제적인 문제들을 유발하는 것이 술이었는데 말이다.

당연히 문제는 점점 악화되고 다채롭게 늘어날 수밖에 없었는데, 이 악의 고리를 끊을 수 있도록 도와준 것이 뽀롱이었다. 술에 의존하여 더 이상 생각하지 않으려는 것은 문제를 회피하면서 더 심각하게 만드는 길이라며, 내가 무슨 말도 안 되는 소리를 늘어놓건 실컷 이야기할 수 있도록 이끌어 주었다. 물론 뽀롱도 사람인지라 가끔은 내 이야기를 듣다 욱하거나 내 생각을 바로잡아 주려다가 싸움으로 번지기도 했지만, 듣는 일을 포기한 적은 없었다. 매일 같이 똑같은 이야기일지라도, 무겁고 우울한 이야기일지라도, 피해의식으로 점철되어 황당한 생각을 늘어놓는 이야기일지라도 말이다. 그렇게 신뢰가 쌓이다 보니 어느 정도 자발적으로 내가 먼저 말을 함으로써 안으로 쌓아둔 채 혼자 끙끙거리며 곪아 터지게 만들었던 해묵은 감정이나 기억을 꺼내 놓을 수 있었다.

그러다 보니 조금씩 내가 가지고 있는 뿌리 깊은 문제들을 마주하게 되었고, 좀 더 적극적으로 그것을 글로 적으며 풀어낼 수 있는 글쓰기 모임에도 참여해 보게 되었다. 그때부터 지금까지 쭈욱 '조금 적어도 좋아' 모임과 인연을 이어오며 회피하고 싶은 현실이나 나의 마음 상태를 들여다보려 애쓰고 있다. 여전히 문제를 해결하기 위해 갈 길은 멀지만, 적어도 우울하고 불안한 감정에 압도될 때 술을 찾지는 않게 되었다. 대신에 그 마음의 본질을 알기 위해 노트를 펼치거나 가까운 사람들에게 두려운 마음을 털어놓으려고 한다. 그러다 보면 실체를 몰랐기에 두려웠을 뿐 별것 아니었다는 것을 깨닫기도 하고, 의외의 해결책을 찾기도 한다. 술이 결코 좋은 해결책이 될 수 없다는 것을 다시금 깨닫는다.

그래서 그 뒤로 일절 술을 마시지 않느냐는 질문을 받는다면 천만의 말씀, 만만의 콩떡이라 답하고 싶다. 우리 엄마 말씀에 따르면 개 버릇 남 못 준다고 내가 술을 끊는다는 것만큼 어이없는 이야기가 없단다. 그렇다. 나는 술을 끊을 생각은 한 번도 해 본 적이 없다. 다만 이제 회식 자리를 제외하고는 즐거운 순간에, 좋은 사람과 함께일 때만 술잔을 기울이려 한다. 물론 어쩌다 가끔 화가 폭발할 때는 뻥 뚫리는 기분을 맛보려고 생맥주를 벌컥벌컥 들이키기도 하지만 한 잔 이상 넘치게 마시진 않는다. 책방에서 책과 함께하는 낮맥이나 와인 한 잔 외에는 혼술 역시 자제다. 혼자서 코가 삐뚤어질 때까지 마시는 것보다 맛있는 술 한 잔을 도란도란 이야기꽃과 함께 즐기는 것이 훨씬 좋으니까.

시인 조지훈 님은 술을 마시는 격조, 품위, 스타일, 주량에 따라 술꾼을 18단계로 구분하였다. 이것이 주도 18

단계인데, 술을 취미로 맛보는 사람인 애주는 10단계로서 비로소 아마 단계를 벗어난 주도 1단에 해당한다. 나와 뽀롱은 이제야 비로소 애주의 단계에 이른 것이 아닌가 조심스럽게 말해 본다. 아직 마셔 보아야 할 술도, 배워야 할 것도 너무나 많지만, 한 잔을 마시더라도 본연의 색과 향, 그리고 맛을 느끼고 여운을 즐기고자 노력하기 때문이다. 내가 마시고 싶은 것은 삶으로부터 도망치기 위한 술이 아니라 삶을 끌어안는 술이다. 앞으로도 건강하고 유쾌하게 술을 즐기는 마음으로 뽀롱과 함께 주도를 걷고 싶다. 마지막 18단인 열반주는 술로 말미암아 다른 술 세상으로 떠나게 된 사람이므로 차마 목표로 할 수 없고, 마셔도 그만, 안 마셔도 그만, 술과 더불어 유유자적하는 사람인 16단 낙주가 최종 목표다!

생일을 즐기는 예술적인 방법

60번의 계절을 함께 지나온 동안 좋았던 날도 있었고, 가슴 아팠던 날도 있었다. 이러저러한 일을 겪으며 믿기지 않을 만큼 오랜 시간을 함께했지만, 학창 시절을 제외하면 뽀롱의 생일날 우리가 함께 보낸 적은 별로 없었다. 게다가 만약에 누구도 축하 인사를 건네지 않는다면 뽀롱은 그날이 본인의 생일인지도 모르고 지나갈 사람이었다. 안타깝게도 여느 애틋한 연인처럼 먼 거리를 날아가 깜짝 생일 이벤트를 해줄 정도의 부지런함이 나에겐 없었다. 아무렴 생일날마저도 보통의 날과 다름없이 보냈을 뽀롱이 조금은 안쓰럽게 느껴졌다.

뽀롱은 어릴 적부터 부모님과 떨어져 기숙사 생활을 했고, 어머님이 편찮으셨기 때문에 생일날 가족과 함께하는 따뜻한 한 끼 식사에 대한 경험이 별로 없을 터였다. 때로는 시끌벅적 떠들썩한 생일 파티도 좋다. 하지만 가족과 함께 누군가가 만든 정성 어린 요리를 나누며 도란도란 이야기하는 시간은 조용할지라도 더없이 다정하고 아늑하다. 무엇보다 특별하게 느껴지지 않을 그 평범한 순간이 켜켜이 쌓이면 삶의 단단한 기반이 되어 힘든 순간이 찾아오더라도 쉽게 흔들리지 않도록, 언제든 다시 바르게 설 수 있도록 힘이 되어 준다. 그래서 올해 뽀롱의 생일이 포실한 기억으로 남을 수 있도록 '축 뽀롱 탄신일' 기념, 예술적인 수반을 만들어 보기로 결심했다.

뽀롱 탄신일 일주일 전부터 고심하여 뽀롱이 좋아하는 집밥 메뉴가 뭐가 있을지, 평소에 잘 먹지 못하면서도 초보인 내가 솜씨를 발휘했다며 으쓱할 만한 게 무엇일지 곰곰이 고민을 해보았다. 결국 이 조합, 저 조합을 생각해 보다가 조화로운 구성은 던져 버리고, 대책없이 육해공을 다 섭렵해 보기로 마음을 먹었다. 그렇게 하여 최종적으로 결정한 메뉴는 간장 게장, 명태회 무침, 묵은지 무침을 곁들인 육전, 간장 닭 조림이었다. 마음만큼은 처음부터 끝까지 다 내 손으로 만들고 싶었지만, 시간적으로, 실력적으로 한 번에 이 많은 요리를 할 충분한 여유가 없었다. 그래서 결국 전국의 걸출한 이모님의 도움을 받아 간장 게장과 명태회 무침을 해결했다.

이모님들의 반찬만 있어도 밥 두 공기는 뚝딱 해치울 정도로 맛있어서 한 입 베어 물었을 때 뽀롱의 반응이 몹시 기대되었다. 한결 편안하고 든든한 마음으로 육전과 미역국 재료를 준비하고, 입 안에서 부드럽고 폭신하게 녹아 들어가는 생크림 딸기 케이크를 사전 예약해 두었다. 모든 준비를 마친 뒤 뽀롱의 생일날이 다가올수록 내가 이런 큰 이벤트를 준비했다고 마구마구 큰 소리로 외치고 싶은 기분이 들었다. 자꾸만 터져 나오려는 입을 간신히 틀어막고 결전의 날을 기다렸다. 마침내 실력 발휘를 할 수 있는 날이 코 앞으로 성큼 다가왔다. 하지만 일이 마음먹은 대로 술술 풀리는 건 어쩐지 나답지 않다. 역시나 인생은 절대 호락호락하지 않다. 하필 뽀롱의 생일날, 토요일임에도 불구하고 빼도 박도 못하게 출근하게 된 것이다.

이미 재료는 전부 다 사다 두었고, 나의 비루한 실력으로 퇴근 후에 요리를 시작하면 배꼽시계가 허용할 수 있는 저녁 시간을 맞추기 힘들 터였다. 어찌 하면 좋을까 고민이 깊어지던 그때 엄마와 동생이 흔쾌히 돕겠다고 나섰다. 결국 내가 출근한 사이 동생이 딸기 케이크를 찾으러 가고, 엄마가 미역국을 끓여주기로 하셨다. 나는 내가 낼 수 있는 가장 빠른 속도로 업무를 마무리 한 뒤 돌아와서 육전을 부치겠다는 의지를 불태우며 일터를 향해 발걸음을 돌렸다. 아니나 다를까 예상과 다르게 2시간이나 더 일에 매달려 있어야 했지만, 서둘러 집에 돌아가서 육전을 부치면 오후 8시에는 저녁 식사와 함께 뽀롱의 생일 파티를 할 수 있을 것 같았다.

어렵사리 집에 도착해 드디어, 마침내, 이제야 실력 발휘 좀 해볼까 하던 그때 노릇노릇 고운 빛깔로 먹음직스럽게 구워진 육전의 행렬을 볼 수 있었다. 뭔가 하나라도 더 챙겨주고, 도와주고 싶은 엄마의 마음은 어쩔 수 없나 보다. 서투른 내가 퇴근 후 집에 와서 덜렁거리며 서두르다가 사고를 칠까 봐 걱정되셨던 것이 틀림없다. 결국 시작은 창대하였으나 끝은 미약하게 내 손으로 준비할 수 있는 것은 육전에 곁들일 약소한 묵은지 무침뿐이었다. 모든 것은 낯 모르는 이모님과 엄마의 솜씨로 이루어졌기에 이것만이라도 제대로 만들어 보리라 다짐하며 분연히 엄마의 묵은지를 집어 들었다.

묵은지를 물에 잘 헹군 뒤 물기를 꼭 짜준 다음 들기름과 깨소금을 넣고 조물조물 무쳐주었다. 엄마가 예쁘게 부쳐 준 육전과 묵은지 무침을 보기 좋게 접시에 담고, 간장게장과 명태 회무침도 꺼냈다. 김이 모락모락 올라오는 갓 지은 뽀얀 쌀밥과 소고기미역국도 올려 놓으니 상다리가 휘어질 정도는 아니더라도 제법 푸짐한 한 상 차림이 되었다. 마침내 오늘의 주인공 뽀롱을 불러 '짜잔' 하면서 식탁을 보여주니 뽀롱이 그렁그렁한 눈을 하고 함박웃음을 지었다. 한껏 신이 난 뽀롱은 느긋하게 대화를 나눌 여유도 없이 양 볼이 터질 정도로 입안 가득 음식을 채워 넣었다.

허겁지겁 먹다 체할까 걱정스러우면서도 누구보다 복스럽게 먹는 뽀롱을 흐뭇하게 바라보는 엄마를 보니 가슴 속에서 무언가 알 수 없는 뜨끈한 것이 올라오는 것처럼 느껴졌다. 처음에는 그 이유를 알 수 없어 조금은 낯설게 느껴졌다. 그러나 식사를 마친 뒤 우리 가족 모두가 식탁에 둘러 앉아 케이크에 초를 켜고 뽀롱의 생일을 축하하는 노래를 불렀을 때 그 이유를 어렴풋이 알 것 같았다. 그것은 바로 얼마 전까지만 해도 서로에게는 완벽한 이방인이었던 뽀롱과 우리 가족이 진짜 가족으로 거듭나는 과정에서 느껴지는 뭉클함이었다. 진심으로 뽀롱을 가족의 일원으로 받아들이고 아끼지 않고서야 모두가 바쁜 가운데 귀찮음을 무릅쓰고 기꺼이 나를 대신해 딸기 케이크를 찾으러 가고, 육전을 부칠 수는 없을 테니까.

그래서 “사랑하는 뽀롱의 생일 축하합니다.” 라는 노랫말이 유독 귓가를 맴돌았나 보다. 노래가 끝나고 돌아본 뽀롱의 얼굴 또한 기쁨으로 충만해 보였고, 행복으로 두 볼이 발그레 물든 듯 보였다. 뽀롱이 이제부터는 외로운 생일을 보내지 않아서, 무엇보다 나 한 사람이 아닌 새로이 생긴 가족이라는 울타리 안에서 진심이 담긴 따뜻한 축하의 마음을 받을 수 있어서 참 다행이다. 심지어 평균 연령 48세의 5인 합창단이 부르는 생일 축하 노래를 또 어디서 들을 수 있을까. 비싼 선물도, 고급스러운 음식도 없었지만 이보다 예술적으로 뽀롱의 생일을 보낼 순 없었을 테다. 다음 해에는 뽀롱과 내가 받은 사랑과 응원만큼 우리에게 생긴 새로운 가족에게도 의미 있는 날들을 만들어 드려야겠다. 더불어 나와 뽀롱을 낳아주신 부모님께 고마운 마음을 늘 가슴에 품고, 마음껏 표현하며 살아가고 싶다.

나이 듦

어렸을 때부터 삶을 비관해온 것은 아니지만, 미래에 대한 구체적인 그림을 그려본 적이 별로 없다. 물론 막연하게 무엇이 되고 싶다, 어떻게 살고 싶다고 생각하긴 했다. 다만 그것을 이루고 난 뒤의 내가 어떤 모습일지는 명확하게 그릴 수가 없었다. 매사 자신감이 부족하고, 자기 검열이 심하다 보니 소망하던 모습의 나를 상상하는 것조차 뭔가 부끄럽게 느껴졌던 탓이다. 운명은 짓궂다 못해 고약한 때가 많으니 되지도 않는 망상에 빠진 나를 비웃으며 더 혹독하게 굴지도 모른다는 두려움도 한몫했다. 특히 갑작스럽게 연달아 친구 둘을 떠나보내고 나니 이런 생각은 더욱 확고해졌다. 한 치 앞을 알 수 없는 게 인생인데 올지 안 올지도 모를 미래를 떠올려 보는 건 의미가 없다고. 그땐 염세적이고 비관적인 생각으로 가득 차 있었다.

자욱한 안개 속에 잠긴 채 희미한 모습으로 우두커니 서 있는 미래의 나를 조금 더 또렷하게 보고 싶다고 생각한 것은 오래되지 않았다. 아주 특별한 계기가 있었던 것은 아니지만, 충동적으로 우연에 기대어 조금 적어도 좋아에 참여하게 된 일이 변화의 출발점이라 생각한다. 아마도 뽀롱은 내가 과거에서 벗어나 뭐라도 했으면 하는 마음으로 적극적으로 권유했을 테지만, 그게 없었다면 나는 시작조차 하지 않았을 것이다. 어차피 나는 제대로 하는 게 없는 사람이고, 무엇이든지 잘하지 못하면 무의미하다고 생각했었으니까. 하지만 뽀롱 덕분에 시작한 이 모임은 글 쓰는 일상을 만들어 주고 나도 모르는 사이 아주 조금씩 앞으로 움직이게 했다.

언제나 나를 매어두었던 과거에서 벗어나 현재를 직시하게 되자 뒤가 아닌 앞을 바라볼 용기가 자라났다. 시간이 지날수록, 끄적거리는 글이 늘어날수록 아팠던 기억을 제법 덜어낼 수 있었기 때문이다. 그러다 보니 현재를 스쳐 지나가는 일상의 감사한 순간을 포착할 수 있게 되었고, 어렴풋이 미래에 대한 작은 희망도 품게 되었다. 그렇게 조금씩 꾸준하게 적기 시작한 지 3년이 되었다. 다행스럽게도 짧다면 짧고, 길다면 긴 이 시간 동안 헛되이 나이만 먹진 않은 것 같다. 글쓰기가 갑자기 나를 멋진 사람으로 만들어 준 것은 아니지만, 얼마나 더 떨어져야 바닥인지 알 수 없을 정도로 추락만 하던 내가 이만큼 보통 사람들의 평범한 생활을 할 수 있게 되었으니까. 때로 늙음에 가까워진다는 것이 두렵긴 하지만, 이제는 이렇게 나이 듦이 고마운 이유다.

결국 잘 나이가 든다는 것은 켜켜이 쌓인 시간을 기억하고 기록함으로써 진정한 나 자신에 가까워지는 일이다. 그렇게 생각하면 지금의 내 나이를 거꾸로 뒤집었을 때, 70세를 훌쩍 넘긴 백발의 내가 마냥 싫지는 않다. 지금처럼 내가 어떤 사람인지, 무엇을 원하는지 고민하지 않고, 세상 편안한 나로 살아간다면 얼마나 홀가분할까? 이전의 막연했던 상상 속에서는 방 안에 홀로 무기력하게 누워있는 노인의 모습이었는데, 지금 떠올리는 노년의 자화상은 정말 다르다. 어쩐지 '유쾌 상쾌 통쾌'하게 웃고 있는 백발의 똑 단발 할머니의 모습을 떠올리게 된다.

얼마 전 프랭코님이 소개해 주셨던 '간병 일기'를 쓰신 희자 작가님처럼 70대의 독립출판작가인 메이지의 책을 포장할 수 있다면 더없이 행복하겠다. 분명 그때의 나이기에 경험하고 이야기할 수 있는 것을 오롯이 책에 담는 일은 상상만으로도 뭉클한 일이니까. 혹은 평생의 염원이었던 두두책방의 책방지기가 되어 판매될 책을 포장하는 것도 몹시 행복한 일일 테다. 그저 얼마나 많은 나이가 되든 한결같이 책의 물성을 사랑하며 읽고 쓰는 일에 진심이길 바랄 뿐이다. 얼마 전에 읽었던 '늙어감에 대하여'라는 책에는 이런 문장이 등장한다. '노인은 전적으로 시간을 살아가는 존재자이자, 시간의 소유자이며, 시간을 인식하는 사람이다'. 나 역시 유의미한 시간을 살아가고, 소유하며 인식하는 사람으로 나이들어 가고 싶다.

다만 나의 상상 속에 조금은 낯설고 놀라운 것이 있다면, 이전처럼 혼자가 아니라 자연스레 뽀롱과 함께 있는 모습을 떠올린다는 점이다. 심지어 조금은 웃음이 나지만, 뽀롱과 내가 투덕거리며 책을 포장하는 모습이 그려진다. 하필 하고많은 일 중에 함께 하는 일이 책 포장이라니! 40년 뒤에도 지금처럼 책 포장을 하고 있을 뽀롱을 지금부터 응원한다. 더도 말고 덜지도 말고 지금과 같은 모습으로 함께 나이 들어간다면 더 바랄 것이 없겠다. 아마도 그때의 우리는 여전한 모습으로 대개는 아옹다옹하며 때로는 삐끗삐끗하고 있겠지만 말이다. 그저 누군가와 함께 시간을 쌓아나갈 수 있다는 것, 그리고 언젠가 그 기억을 더듬어 가며 추억을 공유할 수 있다는 것만으로도 정말 행복한 노년일 테다. 내가 그러했듯이 누군가에게는 막연한 나이일 나의 노년이 부끄럽지 않길, 딱 저렇게 나이 들어가고 싶다는 생각이 들 수 있는 모습이길 소망한다.

외롭지만 혼자는 아니야

우리를 행복하게 하는 몇 가지 질문들

종종 그리워하는 것은 무엇인가요?

'조금 적어도 좋아'의 새 시즌이 시작될 때 귀엽고 유용한 굿즈와 함께 조그마한 갈색 봉투를 받았다. 6주 차 미션을 위한 도구라고 쓰여 있었기에 궁금한 마음을 꾹꾹 누르고 고이 보관해두었다. 뭔가 시간이 흘러간다는 감각을 잃고 채, 비슷비슷한 나날을 보내다 보니 어느새 6주 차 미션에 돌입하게 되었다. 과연 무엇이 들어있을까 두근거리는 마음으로 봉투를 열어 보니 대화 카드 세 장이 들어 있었다.

1. 다시 시작하고 싶은 것이 있나요?
2. 타인이 당신에게 상처를 주었던 말이나 경험이 당신을 어떻게 바꾸었나요?
3. 종종 그리워하는 것에 관해 말해 주세요.

나는 뽀롱과 3번에 대해 대화를 나눠 보고 싶었다. 과연 뽀롱도 그리운 것이 있을까? 지금 우리는 멀리 떨어져 있기에 마주 보고 대화하는 대신, 아쉬운 대로 메시지를 보냈다. 솔직히 뽀롱에게 어떤 로맨틱한 대답을 기대했던 것은 아니지만 그래도 이렇게 대답할 줄은 몰랐다. '종종 그리워하는 것 없음'. 물론 지금의 삶에 만족하고 있고, 젊은(?) 시절 우리의 모습이 그립지 않다는 이유를 댔지만. 눈앞에 있었다면 엉덩이를 걷어차 주고 싶은 대답이었다. 나 역시 살아가면서 지금이 가장 평탄하고 평범한 때라고 생각하긴 하지만, 여전히 종종 그리워지는 것들이 있는데. 뽀롱에게는 좋았던 추억은 없는 건가 새삼 서글퍼졌다. 그러다 이내 미안한 마음이 들었다. 그리워할 과거가 없다는 것은 나 때문일 테니까.

지금과 달리 불과 몇 년 전만 해도 나는 정말 형편없는 사람이었다. 나 역시 그때의 내 모습을 떠올리면 너무나 끔찍하고 부끄럽다. 다시는 그 상태로 돌아가고 싶지 않다. 자존감이 낮고 자신을 사랑하지 못 했기 때문에 발생할 수 있는 많은 문제를 껴안고 있었기 때문이다. 작은 실패에도 괴로워하고 모든 것을 자신의 탓으로 돌리며 자신을 학대했다. 그러다 보니 무엇이든 회피하려 하고, 또 그것을 후회하는 날들의 반복이었다. 이렇게 해야 할 일에 제대로 집중하지 못한 채 포장도로를 두고 가시밭길로 걸어갔으면서 다른 사람과 내 삶을 비교하며, 좌절하고 비관했다. 그럼에도 나는 누군가에게 도움을 청할 생각을 전혀 하지 못했다. 그저 그렇지 않은 척하느라 애썼다.

무엇보다 나에겐 아주 심각한 고질병이 있었는데, 사랑을 믿지 못했고, 두려워하는 것이었다. 늘 사랑의 이면엔 배신과 고통이 드리워져 있을 것이라 믿었기 때문이다. 그래서 늘 거리를 좁히려 노력하는 뽀롱을 밀어내고, 내 삶의 일정 거리 이상은 넘어오지 않았으면 했다. 하지만 좀 더 솔직해지자면 나는 두렵기도 했다. 나의 어둡고

구질구질한 본모습과 내 삶을 마주한 뒤에도 뽀롱이 과연 내 곁에 머물러 줄지 알 수 없었다. 언제 다가올지 모를 멀어짐을 두려워하니 온전히 나를 던져 가까이 다가갈 수도 없었다. 차라리 그때 용기를 내 뽀롱에게 나를 열어 보이고, 솔직하게 도움을 요청했더라면 좋았을 텐데. 나는 문제가 없는 척하면서 되려 예민하고 신경질적인 모습만 보였던 것 같다.

그렇게 홀로 병들어가는 동안 내 마음의 구멍은 점점 커지고 어두워졌다. 나는 그것을 메우기 위해 과도한 술을 마시고, 감당하지도 못할 만큼의 돈을 써댔다. 정신을 차렸을 때 남은 것은 빚과 함께 알코올과 약물에 대한 의존도가 높은 엉망진창의 나뿐이었다. 술과 약물에 취해 언제, 어떻게 그 많은 돈을 썼는지 기억이 잘 나지 않지만. 변치 않는 사실은 내가 아무렇지 않은 척, 멀쩡한 척하면서 무수한 거짓말을 했다는 것이었다. 특히 가족과 뽀롱에게. 나는 정말 큰 실망감과 함께-내가 당할까 봐 그토록 두려워하던-배신감을 그들에게 안겨준 것이었다. 그들 앞에서 나의 모든 잘못을 고백하던 순간 그들의 얼굴에 떠올랐던 표정은 절대 잊을 수가 없을 것이다.

지금 와서 돌이켜 생각해 보면 가족과 뽀롱이 그때의 나를 어떻게 용서하고, 갱생의 기회를 줬는지 모르겠다. 그저 그 끔찍했던 순간을 건너올 수 있게 옆을 지켜준 가족과 뽀롱에게 고마울 따름이다. 그것은 살아가는 동안 두고두고 갚아야 할 일이지만 가끔은 자신이 없다. 특히나 뽀롱이 그리워할 것이 없다 말하고 나니 더더욱. 상처가 아물 수는 있지만 흉터를 남기는 것처럼, 나를 용서하고 관계를 회복했음에도 내가 저지른 일이 없었던 일이 되진 않으니까. 뽀롱은 지금이 가장 행복하기에 그렇다고 이야기했지만, 사실은 과거의 어떤 일을 그리워하면 그때의 기억과 감정이 떠오르기 때문일 테다. 그것마저 희미해져 뽀롱에게 과거를 돌이켜 보는 일이 더는 괴로운 일로 이어지지 않길 바라는 것은 너무나 큰 욕심일까? 마음이 복잡하다.

물론 이전의 나라면 어두운 미래를 상상하며 그저 도망치기에 급급했을 것이다. 비겁하고 파렴치하게. 하지만 지금의 나는 과거의 나와 다르다고 믿고 싶다. 막연하게 나쁜 결과를 예상하면서 아무것도 하지 않는 채 나를 자책하며 살아가고 싶지 않다. 정말 소중한 사람들에게 잘못했다고 생각한다면, 진심으로 뉘우치고 있다면, 회피라는 쉬운 방법 대신 그 두려움과 맞서야 한다고 생각한다. 괜스레 어두웠던 과거를 돌아보며 후회하고 괴로워하기보다는 나아질 미래를 바라보며 무게 중심을 잡고 바르게 살아갈 수 있도록 더 노력해야 한다. 이 또한 내가 감당해야 할 몫이고, 앞으로 나아가기 위해 반드시 마주해야 할 과정일 테니까.

뽀롱의 과거를 되돌리거나 그때의 기억을 지워버릴 수 없다면, 앞으로 행복한 기억으로 채워나갈 수 있도록 노력해야겠다. 다행스럽게도 뽀롱이 지금은 행복하다고 말하니까. 나 잘 하고 있다고 외치고 싶다! 앞으로도 미안하고 고마운 마음이 뽀롱에게 잘 가닿길 바라며, 오랫동안 많은 좋은 것들을 함께 해 나가고 싶다. 언젠가는 뽀롱이 종종 그리워할 만한 순간들이 늘어날 수 있도록. 꼭 그렇게 하고 싶다.

지금 대화하고 있는 상대의 근사한 점은 무엇인가요?

오랜만에 네 명이 한자리에 모였다. 뽀롱, 외계인, 내 동생, 그리고 나. 뽀롱 씨는 나와 다채로운 이름으로 16년째 인연을 이어오고 있는 분이고, 외계인 씨는 내 동생의 절친이다. 사실 뽀롱과 외계인은 가깝다면 가깝고 멀다면 먼 관계인데, 오며 가며 마주치다 보니 어찌어찌 친해졌다. 가끔 나도 그것이 묘하게 신기하다는 생각이 드는데, 아마도 뽀롱이나 외계인이나 원체 낯가림이 없는 사람들이라 가능한 것 같다. 내가 보기에는 둘 다 언제, 어디서나, 누구와도 편안하게 대화를 이끌어 갈 수 있는 능력자긴 하다. 특히나 외계인과 함께 음식점이나 동네 책방, 혹은 소품샵에 갔을 때 예상치 못한, 선물 같은 서비스를 받을 때가 종종 있을 정도로 외계인의 사교성이란 어나더 레벨이다.

뽀롱과 외계인의 강력한 친화력 덕분에 넷이 모이면 어색함 없이 다양한 주제로 대화를 나눌 수 있는데, 이때다 싶어 조금 적어도 좋아 모임에서 받은 대화 카드를 꺼내 들었다. 오랜만에 한자리에 모인 것이기도 하고, 맛있는 음식까지 먹으며 편하게 이야기를 나눠 보고 싶었다. 이번 시즌에 받은 대화 카드의 주제는 세 가지였다.

1. 유독 당신만이 예민하게 구는 면이 있나요?
2. 지금 대화하고 있는 상대의 근사한 점을 이야기해주세요.
3. 음식으로부터 위로받은 적 있나요?

다들 놀랍게도 두 번째 카드를 골랐고, 내가 때린 것도 아닌데 갑자기 나에 대한 근사한 점을 이야기하기 시작했다. 칭찬을 듣는 데 워낙 익숙하지 않은 나이기 때문에 쥐구멍으로 잽싸게 숨고 싶었지만, 한 편으로는 잘 기록해 두고 싶기도 했다. 나에게 희망과 용기를 주려는 그들의 마음이 고스란히 느껴지기도 했고, 나 자신이 한심하고 정말 별로인 것처럼 느껴질 때마다 그 기록을 꺼내 보면 정말 큰 위로와 힘이 되어줄 거란 생각이 들었다. 세상 어디에 간들 나를 무려 근사하다고 말해주는 사람이 또 있을까? 그들이 가까운 내 곁에 존재한다는 것이 얼마나 감사한 일인지. 마냥 나를 자책하며 괴롭히고만 있을 수는 없을 테다.

신기하게도 다들 나의 근사한 점으로 인내심을 꼽았다. 역시 생각보다 자주 구시렁거리더라도 꿋꿋하게 버티기를 잘하나 보다. 특히 내 동생은 힘든 상황을 참는 기간이 매우 긴 편임에도 불구하고 새로운 일에 은근히 많이 도전하는 점이 신기하다고 말했다. 뭔가 대답을 듣고 눈물이 찔끔 나려 한 것은 외계인의 말을 들었을 때였다. 내가 슈퍼맨 같은 사람이 아니기에 버티는 일 자체가 얼마나 힘든 것인지 안다고, 그래서 그 인내가 더 값어치 있게 느껴진다는 말이었다. 세상에. 뭔가 버티는 일 자체를 흉하거나 헛수고라고 말하는 사람도 있는데. 내가 애쓰며 노력하는 면을 긍정적으로 봐주고, 응원해주는 것 같아 가슴이 찡했다. 다만 혹시나 했더니 역시나 뽀롱 씨는 위트 넘치는 대답을 들려주셨다.

소주 2잔을 먹으면 논리력과 공격력이 상승한다며 이 순간만큼은 나의 말발을 이길 수가 없다고, 그것이 나의 강점이자 멋진 점이라고 했다. 더불어 여행을 가면 에너지가 폭발해서 지치지 않고 돌아다닐 때, 회식 자리에서 소맥 7잔을 마시고도 소주를 또 마실 때 등도 빠뜨리지 않고 이야기해 주었다. 고오맙다, 왕뽀롱씨. 왕뽀롱씨 때문에 웃으며 콧김을 내뿜고 있는데, 불현듯 그런 생각이 들었다. 나는 소중한 사람에게 '너는 이토록 근사한 사람이야.'라고 몇 번이나 말해주었을까? 손에 꼽을 정도인 것 같긴 하다. 그나마도 쑥스럽다는 이유로 가물에 콩 나듯 메시지로 그 마음을 전했을 확률이 높다. 워낙 통화하는 것 자체를 어려워 하고 편안하게 느끼지 못하니까. 그도 자신이 초라하게 느껴지는 순간 내가 보낸 메시지를 꺼내어 읽곤 할까? 그리고 위안과 용기를 얻곤 할까? 그렇다면 이 글을 빌어 나 또한 그들의 근사한 점을 살포시 말해주고 싶다.

내 동생의 근사한 면은 평소에는 무심하고 냉소적일 때가 많은데, 위로나 응원이 필요한 사람에게는 한없이 다정다감해진다는 점이다. 소위 츤츤츤츤데레라고 할 수 있겠다. 그리고 참으로 알뜰살뜰 검소한 사람인데 가족이나 두두에게는 아낌없는 나무가 되어줄 때가 많다. 나 또한 살아가면서 동생에게 갚아야 할 게 참 많다. 외계인의 근사한 면은 엄청난 공감 능력과 소탈함이 탑재된 친화력이다. 때로는 나보다도 우리 가족 모두에게 허물없는 친구 같다는 생각이 든다. 상대로 하여금 가슴 속에 꾹꾹 눌러왔던 이야기를 꺼내게 하고, 진심으로 경청하며 공감해 준다. 외계인과 이야기하고 나면 밀도 있는 상담을 받은 것처럼 홀가분하고, 편안해지곤 한다. 나만 떠들어대는 것 같아서 미안할 때도 많지만. 확실히 이렇게 근사한 면은 어린이집 교사인 외계인에게는 엄청난 재능이고, 어린이들에게는 큰 선물이란 생각이 든다!

뽀롱의 근사한 면이라, 글쎄. 깊이 생각해 본 적은 없다. 굳이 꼽자면 극히 강한 수면력과 몰입력 정도일까. 요즘처럼 불면증을 호소하는 인구가 점차 증가하는 시절에 언제, 어디서나 머리만 대면 잘 수 있고, 내가 혹여나 길거리에서 쓰러지며 응급 신호를 보내도 전혀. 알아채지 못할 정도의 집중력은 정말 근사한 면인 것 같다. 좀 더 노력해서 근사한 면을 굳이 생각해 보자면, 최근 들어 놀란 적이 제법 있긴 하다. 본래 자기계발서를 읽진 않았었는데, 생각보다 회사 일에 진심이 되면서 추천 도서를 읽거나 유튜브를 보기 시작했다. 그러면 거기서 해주는 조언이 평소 뽀롱이 나에게 이래라저래라할 때 해주는 말과 비슷할 때가 많다.

그럴 때 정말 뒤통수를 한 대 맞은 것같이 아찔하고, 심장이 멎을 것 같다. 뽀롱은 책을 일도 안 보는 데다가 그런 유튜브도 볼 리가 없는데 어떻게 알고 하는 말일까 싶다. 누군가 알려주거나 어디서 배우지 않아도 뽀롱은 삶을 어떻게 살아가야 하는지 또렷하게 알고 있는지도 모르겠다. 생각보다 오래전부터 그런 고민을 해왔고, 나름의 결론을 얻어 그것을 실천하며 살아왔나 보다. 솔직히 고백하자면, 내가 조언을 구해 놓고도 막상 뽀롱이 말해줄 때는 또 잔소리란 생각이 들어 반 이상은 흘려들었었는데. 이제는 좀 뽀롱을 믿고 귀담아들어 볼까 한다. 나도 그렇게 들은 말을 조금씩 실행하다 보면 과거의 실수로 많이 뒤틀려졌던 삶의 궤도가 조금은 바람직한 방향으로 돌아설 테니까.

오늘 대화 카드를 통해 누군가의 진심을 받아볼 수 있었던 것처럼 나의 소중한 사람들도 이 글을 통해 나의 무한한 애정과 감사의 마음을 받아주었으면 한다. 그리고 감히 소망한다. 그들이 의기소침해지고 세상에 홀로 놓인 듯 느껴질 때, 꺼내 볼 수 있는 글이 될 수 있기를 바란다. 작은 위로와 응원이 전해질 수 있기를. 때로 우리는 외롭지만 결코 혼자는 아니다.

당신 삶의 최악의 순간을 어떻게 지나왔나요?

퇴근길에 혼자 영화관에 들렀다. 마음을 확 사로잡는 제목을 가진 영화가 있었기 때문이다. 그것은 '사랑할 땐 누구나 최악이 된다.' 였다. 나 역시 뽀롱에게 내 인생에서 최악의 순간을 여과 없이 보여주고 말았기 때문에, 얼핏 들으면 다소 낯설 수도 있는 사랑과 최악이라는 조합에 끌렸던 것 같다. 다른 사람들은 사랑할 때 어떻게 최악이 되는지, 그리고 그 사랑의 끝은 무엇인지 궁금했다. 나는 사랑을 했기에 최악이 된 것이 아니라 최악의 상황을 벗어나게 해준 것이, 결국 사랑이라는 점에서 좀 다르긴 하지만.

영화가 전달하고자 하는 메시지도 이와 크게 다르지 않았다. 사랑할 때 누구나 최악이 되지만, 그 최악으로부터 나를 구원하는 것도 사랑이다. 사랑에 빠지는 순간, 우리는 자신을 온전히 내던질 수밖에 없다. 그 과정에서 누구에게도 보여주지 못했던 나의 상처나 치부가 드러나기도 하고, 다른 사람 앞에서라면 하지 않을 말과 행동을 스스럼없이 하기도 한다. 그러다 보면 내가 상대에게 최악이 되기도 하고, 스스로 자신의 바닥을 마주하게 되기도 하는 것이다. 이 때 더 나은 사람이 되고 싶게 만드는 것, 바닥으로부터 다시 일어나게 만드는 것이 사랑인 것 같다.

언제부턴가 내 주변의 사람들은 하나둘 꿈을 이루거나 자리를 잡아가기 시작했다. 하지만 난 여전히 내가 원하는 것이 무엇인지에 대한 답을 구하고 있고, 나에게 좀 더 의미 있는 삶의 모습에 대해 생각하고 있다. 상대적으로 안정감 있어 보이는 사람들을 보며, 어느 순간 초조해지고 불안해지는 것은 어쩔 수 없었다. 그러다 보니 무언가가 되고 싶었지만, 무엇도 이루지 못한 채 오랫동안 방황하는 율리에에게 공감하며 감정이입이 많이 되었다. 그래서일까. 영화 속 악셀의 이 대사가 유독 마음에 남아 긴 여운을 주었다.

“내가 너와 헤어지고 나서 후회되는 한 가지는 네가 정말 멋진 사람이라는 걸 깨닫게 해주지 못한 거야”

그리고 자연스레 뽀롱을 떠올리게 했다.

단 한 순간도 기쁜 마음으로 온전히 받아들이지 못했지만, 뽀롱 또한 매사 자신감이 없는 나에게 그런 말을 자주 하곤 했다. 내가 얼마나 잘 해내고 있는지 자신만 모르는 것 같다며, 내가 생각하는 것 이상으로 굉장한 사람이라는 것을 꼭 알려주고 싶다고. 특히 글을 쓰기 시작한 지 얼마 되지 않았을 때, 나는 도통 글을 잘 쓰지 못하는 것 같다며 자주, 쉽게 포기하려고 했었다. 그때마다 뽀롱은 글로 생각을 표현하는 것이 얼마나 멋진 일인지, 솔직담백한 나의 글이 어떻게 좋은지 차분하게 말해주곤 했다. 아마 뽀롱의 응원과 격려가 아니었다면 이렇게 꾸준히, 욕심 없는 마음으로 글을 쓸 수는 없었을 것이다. 쉼 없이 누군가와 비교하며 재능이 없음을 비관하고, 쉽게 때려치운 뒤 또 다른 일을 찾아 기웃거렸을 테니까.

물론 내가 글쓰기를 통해 무언가 대단한 것을 이룬 것은 아니지만, 적어도 조금씩 적어 나가는 즐거움에 대해 알게 되었다. 나는 그것만으로도 멈추지 않고 부지런하게 나의 일상을 기록하고, 글을 통해 생각과 감정을 드러낼 수 있다. 이것은 내 삶의 큰 선물이자 원동력이다. 글쓰기를 통해 내가 원하는 삶의 밑그림을 그려 나가고 있고, 마냥 두렵기만 했던 미래를 조금은 두근거리는 마음으로 기다릴 수 있게 되었으니까. 분명 나의 글들이 내가 상상하지 못했던 곳으로 데려다 줄 거라는 막연한 기대를 품어 보기도 하고. 그래서 무언가를 바라거나 기대하지 않고, 그저 꾸준히 조금 적는 마음을 갖게 된 지금에 감사한다.

더불어 그 마음을 단단하게 만들어 갈 수 있도록 오랫동안 나를 지지해준 뽀롱과 우리의 길고 긴 인연에도 감사한다. 만약 여러 번 마주했던 위기를 끝내 극복하지 못했더라면, 나의 최악을 보고 뽀롱이 도망쳐 버렸다면, 그리고 오랜 시간이 지나고 나서야 만나게 된 뽀롱이 악셀과 같은 말을 했더라면. 나는 율리에처럼 다시 일어날 수 있었을까. 아마 과거를 곱씹으며 후회하고 자신을 원망하다가 또다시 나를 최악으로 몰고 가지 않았을까 싶다. 글을 쓰기 이전의 내가 늘 그랬던 것처럼. 그러니 잃지 말아야겠다. 조금 적는 마음도, 지금 나에게 주어진 삶과 상대에게 감사하는 마음도. 결국 무언가를, 누군가를 사랑하는 마음은 우리를 구원하는 법이니까.

올해 우리가 만난 행운은 무엇인가요?

퇴근 후 어둑어둑해진 거리를 거닐 때 시원하면서도 깊고 진한 어묵 국물과 쫀득쫀득하고 달콤한 군고구마가 떠오르는 걸 보면, 올해도 이제 얼마 남지 않았다는 사실이 피부로 확 느껴진다. 대체 언제, 어떻게 이토록 시간이 빠르게 흘러간 건지 모르겠는데, 벌써 한 해의 끝자락에 서 있다는 것이 낯설게만 느껴진다. 이렇게 또 하루 멀어져 가는 건가 한숨이 포옥 나오고, 자연스럽게 내가 버텨 온 한 해를 더듬어 보게 된다. 매년 연말 뽀롱과 함께 진행하던 올해의 시상식 후보군을 미리 떠올려 봤다. 노트를 펼치고 올 한 해 기뻤던 일과 힘들었던 일은 무엇인지, 잘한 일과 후회가 남는 일은 무엇인지, 유독 기억에 남는 책과 영화 그리고 음악은 무엇인지 등에 대해 가만히 끄적여 보았다.

늘 집과 회사를 오가며 지루하고 단조로운 생활을 이어가고 있다고 생각했다. 매일 이어지는 야근 덕분에 회사 일에 치여 숨 막히고 괴로운 날들이 태반이었다. 기억날 만한 게 없을 거로 생각했는데 한꺼번에 많은 기억이 거센 파도처럼 밀려와서 깜짝 놀랐다. 심지어 나빴던 기억보다 행복했던 기억들이 먼저 떠올랐다. 매사 부정적으로 생각하는 탓에 올 한 해가 어땠냐는 질문을 받으면 우울하고 힘겨웠던 기억부터 줄줄이 꺼내 놓는 나였는데. 기분 좋은 기억을 먼저 떠올리다니 나에게는 머리털 나고 처음 있는 일이었다. 올봄 제주도에서 원 없이 봤던 소담한 유채꽃밭, 부산의 책방 마이 유니버스에서 했던 북토크, 매달 말에 있었던 프랭코님과 오늘영 작가님과의 수다 모임, 한가로이 책방에서 맥주를 마시며 책을 읽었던 어느 일요일 오후 등등 떠올리는 것만으로도 미소 짓게 만드는 기억들이었다.

한껏 여유롭고 따뜻해진 마음으로 평소라면 생각지도 않았을 질문을 적어 보았다. 올해 내가 만난 행운은 무엇일까. 예전에는 행운이란 말 앞에 괜스레 멈칫하곤 했었다. 자칭 타칭 뒤로 넘어져도 코가 깨질 정도로 불운의 아이콘이 바로 나였으니까. 늘 나는 운이 지지리도 없는 사람이라고 생각했으니, 딱히 떠올릴 수 있는 행운 같은 게 있을 리가 만무했다. 하지만 지금은 달랐다. 몹시나 힘들었던 올해에도 기분 좋은 일을 많이 떠올린 만큼 분명 내가 만난 행운을 찾을 수 있을 것이었다. 어쩌면 너무나 당연하다고 여겨서 행운이라 생각지 못하고 무심하게 넘어간 일이 한가득할지도 몰랐다. 본래 인간은 좋은 기억이 아닌 나쁜 기억을 장기 기억하도록 진화했다고 하니까.

생각해 보니 로또 당첨에 버금가는 엄청난 행운은 없었지만, 이상하리만치 소소한 행운이 찾아오긴 했었다. 올해는 유독 서평단이나 북토크를 신청하면 기대했던 것 이상으로 당첨 확률이 높았고, 그 덕분에 작가님들의 친필 사인이 담긴 책을 받기도 했다. 특히 6월에는 인천공항에서 열린 특별한 북토크에 당첨되어 김영하 작가님과 요조 작가님을 눈앞에서 뵙고 여행에 관한 이야기를 들을 수 있었다. 작가님들께 질문을 할 수 있는 기회도 얻었고, 인터뷰에 응한 대가로 두 작가님의 사인이 담긴 책도 선
가 그 서평단 활동 중에는 알라딘에 올
리 리뷰로 당선되어 포인트를 3만 점이
그 포인트로 깨알같이 나얼 님의 10주
LP도 소장하게 되었다. 물론 내년 7월에
. 아, 그러고 보니 나에게는 몹시나 성
래도 있었다. 다행스럽게도 사기를 당
자체도 몹시 마음에 들었다. 안타깝게
썩 만족스럽지 않았던 모양이지만. 우
이 많이 올 때 여행을 가기로 했었다. 소
벗어나 눈이 소복하게 쌓인 숲의 고요
고 싶었기 때문이다. 이때 필수적인 것
추천받았는데, 굳이 일상에서 많이 신
싼 돈을 주고 살 필요는 없을 것 같았다.
와 당근마켓을 뒤지다가 북극에서도 즐
한 방한 부츠를 찾을 수 있었다. 나의 경
을 사야 했지만 두꺼운 양말을 신으면
괜찮다고 쓰여 있었고, 뽀롱의 경우 운이 좋게도 딱 사이즈가 맞는 제품이 있어 과감히 구매에 도전했다.

우리는 비슷한 시기에 방한 부츠를 받아볼 수 있었고, 나름 설레는 마음으로 언박싱했다. 분명 같은 회사의

제품이었건만 모델이 달라서였을까. 내 방한 부츠는 여느 운동화보다 가벼웠지만, 안타깝게도 뽀롱의 방한 부츠는 몹시 무거웠다. 나는 신어본 적이 없어서 공감할 수 없었지만, 뽀롱은 이 부츠가 군화보다도 무겁다며 망연자실해야 했다. 그저 일상생활에서 따뜻하게 신기 위해 만든 신발이 아닌 것 같다며, 온종일 신고 걷는다면 행군이랑 다를 바가 없다고 했다. 뽀롱을 보아하니 굳이 이 부츠를 신고 눈이 많은 곳에 여행을 가야 하는지 회의감에 사로잡히는 듯했다. 인터넷으로 몰래 검색해보니 2.2kg이라고 한다. 이 정도일 거라고는 생각지 못했는데 확실히 무겁긴 무겁다.

뽀롱에게는 미안하지만, 나는 여행 계획을 바꿀 생각이 없다. 우리는 올겨울 눈이 펑펑 쏟아지는 숲을 함께 거닐 것이다. 뽀롱에게는 세 가지 선택지가 있다. 첫 번째는 무거운 방한 부츠를 좀 더 싼 가격으로 중고 거래로 판매한 뒤, 가벼운 제품을 다시 구매하는 것, 두 번째는 그냥 묵묵히 지금의 방한 부츠를 신는 것, 세 번째는 발이 젖어 얼더라도, 눈길에 무수히 미끄러지더라도 그냥 일반 운동화를 신는 것이다. 나는 뽀롱이 어떤 선택을 하더라도 기꺼이 받아들일 준비가 되어 있으니까, 뽀롱이 무엇을 고를지 묵묵히 기다리면 될 것 같다. 시간은 아직 충분하니까. 짜릿한 중고 거래의 행운을 만끽하며 뽀드득뽀드득 눈 밟는 소리를 들으며 거닐 생각을 하니 몹시나 설렌다. 벌써 함박눈이 내리는 날이 기다려진다.

이렇게 주욱 적어 놓고 보니 올해 나에게 운수 좋은

날도 제법 많았단 생각이 든다. 차분하게 한 해를 더듬어 보는 시간을 갖지 않았더라면, 내가 만난 행운이 얼마나 많았는지 미처 몰랐을 테다. 마냥 고단하고 좀체 마음먹은 대로 일이 풀리지 않던 한 해로 남지 않았을까. 문득 내년에는 꾸준하진 않더라도 자주 감사 일기 혹은 행운 일기를 써야겠단 생각이 든다. 작은 행운이 큰 행운을 불러오는 기회이자 시작이라는 이서윤 작가님의 말처럼 아무리 작은 일이라도 지나치지 않고 기록하다 보면, 내가 얼마나 복이 많은 사람인지 새삼 깨닫게 될 테니까. 작지만 꾸준하게 찾아올 행운과 행복에 대해 감사함을 쌓아가다 보면 자연스레 좋은 일들이 모이고 모여 더 큰 행운을 끌어다 줄 것이라 믿는다. 부디 내년에는 올해보다 조금 더 많이 웃고 감사한 한 해가 되길 소망한다. 이렇게 코트 주머니에 함께 손을 넣고, 한껏 차가워진 거리를 걸을 수 있다는 것만으로도 행운 하나 확정이다.

당신에게 더디지만 꾸준한 것이 있나요?

기침과 사랑은 숨길 수 없다지만, 나에게는 어렵지 않은 일이었다. 사랑이 마냥 두렵기도 하고 사랑에 빠진 나 자신을 상상할 수 없었기에 마음을 표현할 수 없다는 게 딱히 힘들진 않았다. 소리를 내 외치고 싶은 여느 사람과 달리 삼키고 또 삼키다 보면 그 또한 희미하고 바래져 흩어질 거라 믿었기 때문이다. 그럼에도 때때로 내가 누군가를 좋아하는 마음이 들키진 않을까 조마조마할 때도 있었다. 꼭 당사자가 아니더라도 주변의 누군가가 눈치를 챌 수도 있겠다 생각했는데, 다행스럽게도 그런 일은 절대 일어나지 않았다. 늘 전혀 생각지도 않았던 사람을 좋아하냐는 질문을 받았던 걸 보면 내 마음을 숨기는데 일가견이 있었던 게 분명하다.

그랬던 내가 어쭙잖게 나의 사랑 이야기를 써보자고 결심한 것은 참으로 괴이한 일이었다. 늘 내 글에 살뜰하게 관심을 두는 사람들의 제안이 없었더라면, 스스로 도전해볼 생각이 하나도 없을 주제긴 했다. 어쩌다 사람들과 수다를 떨다가도 사랑에 관한 주제가 튀어나올 때면 조개처럼 입을 꾹 다물어 버리는 나였는데, 누가 묻지도 않은 것을 글로 옮기려다 보니 여간 괴로운 것이 아니었다. 일단은 어떤 이야기를 어떻게 풀어나가야 할지 한없이 막막했다. 오랜 인연을 이어왔다는 것 외에는 사랑 이야기라고 부르기에 민망할 정도로 특별할 게 없다. 맛있는 것도 먹어 본 놈이 안다고, 뭘 찐하게 해봤어야 쓱쓱 써 내갈 텐데, 어설픈 나는 한 문장, 한 문장을 써 내려가는 매 순간이 벽에 부딪히는 것 같았다.

그러다 보니 바쁘다는 핑계로 오늘의 글쓰기를 내일로 미루고, 내일은 또 모레로 미뤘다. 하루하루 다음 날로 미루다 보면 어느새 금요일 밤이 되었고, 그제야 마지못해 무거운 몸을 이끌고 책상 앞에 앉곤 했다. 한 주간 글쓰기를 외면하며 멍하니 보낸 대가는 생각보다 혹독했다. 무심하게 깜빡이는 하얀 커서를 바라보다 보면 시간은 훌쩍 지나가 있었고, 그렇게 주말 내내 밤을 새우기 일쑤였다. 매주 일요일 저녁에 주어졌던 글감을 가지고 실재하지 않는 마감 기한에 쫓기듯 한 편의 글을 완성하고 나면 진이 빠졌다. 이렇게 머리를 쥐어뜯으며 괴로워하면서 맨송맨송한 나의 사랑 이야기를 굳이 써야 할 필요가 있나 싶었다.

그럼에도 이 주제로 쓰는 일 자체를 손에서 완전히 놓아버릴 수는 없었다. 단순히 포기하고 싶지 않은 고집과 오기 때문만은 아니었다. 나는 글을 씀으로써 변화하고 싶었다. 이유도 모른 채 사랑을 막연히 두려워하며 피하지 말고, 기왕이면 아낌없이 사랑을 내어 주는 사람이 되고 싶었다. 그러기 위해서는 그동안 미처 보지 못했던 내면의 이야기를 끌어내 찬찬히 들여다봐야 했다. 아무래도 글로 풀어내는 일이 어려울수록 외면하고 싶은 이야기일 확률이 높았다. 그래서 매주 고민을 거듭하며 힘겹게 쓴 이 이야기들이 더욱 소중하게 느껴졌다. 숨기고 싶었던 내 마음을 가장 진솔하게 담은 글일 테니까. 사실은 나도 사랑받고 사랑하고 있다는 것 말이다.

부끄럽지만 솔직한 나의 이야기가 나처럼 혹은 나보다 더 사랑이 두렵고, 사랑에 자신을 온전히 내던질 수 없는 사람들에게 가닿길 바란다. 사랑 앞에서 회피만 하던 나 같은 사람도 어떤 사람을 만나 어떻게 관계를 맺는지에 따라 어떤 모습으로든 사랑을 주고받으며 살아가고 있으니까. 사랑에 관한 나의 경험과 생각을 함께 나누며 공감하고, 더 나아가 용기를 낼 수 있길 소망한다. 우리가 사랑 앞에서 주저하거나 돌아서지 않고 똑바로 마주할 수 있도록! 사랑에 어떤 공식이나 정답이 있는 것도 아니고, 사실 우리는 지금, 이 순간에도 누군가를, 무언가를 사랑하고 있으니까 그저 뒷걸음질 치지만 않으면 된다. 언젠가 "사랑 그게 뭐 별 건가, 그냥 삶의 일부일 뿐이지."라고 쿨하게 말할 수 있길 바라며, 오늘도 더디지만 꾸준하게 사랑에 관한 씀을 이어간다.

어린 시절 장난꾸러기였나요?

우리 집에서 오래된 앨범을 정리하다가 나와 동생의 어릴 적 사진을 여러 장 찾게 되었다. 동생과 한참 깔깔거리며 사진을 보다 보니 새삼 뽀롱의 어린 시절이 궁금해졌다. 뽀롱과 나는 20대부터 지금까지의 모습은 징글징글할 정도로 기억하고 있지만, 어릴 때 어떤 모습이었는지는 제대로 본 적이 없기 때문이다. 그래서 이번 설 연휴를 맞이해서 집에 다녀오는 김에 서로에게 보여줄 어린 시절 사진을 찾아오기로 했다. 짜잔 하고 사진을 풀어 놓으니 해맑게 웃고 있거나 익살스러운 표정을 짓고 있는 꼬꼬마들이 보였다. 그러다 그만 누가 누가 어린 시절을 더 호기롭게 보냈는가에 대해 경쟁이 붙고 말았다. 둘 다 동네에서 골목대장을 맡을 정도로 덩치가 크고 힘이 센 어린이는 아니었지만, 둘째가라면 서러운 장난꾸러기였던 것이다.

먼저 뽀롱의 무용담을 들어 보았다. 대개 그맘때쯤 또래의 남자아이들이 하는 장난은 다 해본 것 같았다. 여자아이의 치마를 들치며 "아이스께끼"하고 외치는 장난을 치거나 여자아이들이 삼삼오오 모여 고무줄놀이를 하고 있으면 고무줄을 자르고 도망치거나 방해하곤 했단다. 정말 여자아이들에게 얼마나 원성을 샀을까 싶지만, 본인

주장에 따르면 키가 작고 뽀얀 탓에 귀여움을 받았다고 하니 믿거나 말거나다. 그러다 수업 시간이 되면 다른 짓궂은 장난을 치곤 했는데, 그중 하나가 공책에 연필로 쓰다가 지우면 나오는 지우개 가루를 친구들 머리에 던지는 일이었다고 한다. 혹은 선생님 몰래 생라면을 부셔 주변 친구들과 나눠 먹거나 손목시계로 햇빛을 반사해 친구들의 눈을 따갑게 하는 일도 다반사였다고.

죽 듣다 보니 제법 귀여운 수준의 장난이라 피식 웃음이 났다. 나는 뽀롱에 비하면 독립적이면서도 실험적인 장난을 많이 쳤다. 지금은 창의성이란 단어 앞에서 움츠러들고 마는 경직된 사람이 되어버렸지만, 어린 시절에는 예술혼이 끓어올랐었는지 벽화 그리기에 온 정성을 다했다. 그림은커녕 간단한 스케치도 할 줄 모르는 내가 크레용을 들고 온 동네를 휘젓고 다녔다고 하니 믿기지 않을 정도다. 게다가 활동 반경 또한 우리 집 담만이 아니라, 온 동네 담장이었다니 어린 시절 나는 참 대담했나 보다. 심각한 문제는 뒤처리이긴 했지만. 엄마와 할머니께서 집집이 돌아다니며 죄송하다고 사과드려야 했고, 그림까지 지워야 하셨을 테니 여간 고생이 아니셨을 테다.

하지만 나는 여기서 멈추지 않았다. 틈틈이 동네 새끼 고양이들의 수염을 잡아당기러 다녔고, 친구들과 높은 옥상에 올라갔다가 잔뜩 겁을 집어먹고는 할머니의 도움으로 겨우 내려와 경기 들린 듯 하루 종일 바들바들 떨기도 했다. 한 가지 유독 기억에 남는 건 아빠에게 정말 눈물, 콧물이 쏙 빠질 정도로 크게 혼났을 때다. 다행히 큰 사고로 이어지지 않았지만, 친구와 성냥개비를 가지고 불장난 하다가 쓰레기통을 태워 먹고, 벽에 그을음을 만들었기 때문이었다. 어린아이 둘이 어떻게 불을 껐는지는 기억이 나질 않는데, 아빠에게 회초리로 종아리를 여러 차례 맞았던 기억은 또렷하게 남아 있다. 거짓말 보태지 않고 그 뒤로는 무서워서 오랫동안 성냥과 라이터를 켜지 못했다.

뽀롱은 내가 했던 장난의 역사를 듣더니 이렇게까지 나를 키워 주신 부모님이 정말 대단하다고 말했다. 어른들이 하지 않았으면 하는 장난들만 골라 하면서 징글징글하게 사고를 치고 다녔으니 말이다. 그럼에도 그 많았던 장난기가 전부 어디로 사라진 건지 아쉽다고 했다. 나 역시 까불까불하고 장난기와 모험심이 넘치던 아이가 어쩌다 이렇게까지 밍밍하고 무미건조한 어른이 되었는지 모르겠다. 대학교 때까지만 해도 친한 사람들과의 모임에 가면 나름 그들을 웃게 만드는 유머가 있었고, 순수하게 재밌을 것 같아서 벌이는 일도 많았는데. 지금은 누구를 만나든 말수 자체가 많이 적어졌고, 무엇보다 신이 나서 웃고 떠들며 풀어 놓을 이야기도 없는 것 같다.

뽀롱은 내가 장난기가 없어진 것처럼 느껴지는 것은 뭘 하든 자신이 없으니 재미있는 것들도 많이 줄어들고, 누군가와 관계를 맺는 일이 마냥 편치만은 않기 때문인 것 같다고 말했다. 아무렴 장난을 친다는 것은 그만큼 마음의 여유가 있어야 가능한 것이고, 장난이 웃음을 가져다주면서 삶의 활력소가 되거나 추억을 만들어 주기도 하는 법인데 뽀롱이 보기에 나는 지금 그런 여유도, 즐거움도 없이 간신히 하루하루를 버티며 살아가는 것처럼 보인다고 덧붙였다. 뽀롱의 말은 적확했다. 언제부턴가 무엇을 하든 두려운 마음이 앞섰고, 사람들과 만날 때는 별일이 없더라도 관계가 틀어지면 어쩌나 하는 걱정을 먼저 했었으니까.

장난기를 잃은 내가 앙꼬 빠진 붕어빵이 된 것처럼 몹시 안타깝기도 했지만, 정작 좋고 나쁨을 떠나 어떤 것이든 감정의 파도 자체에 휩쓸리지 않고 최대한 무덤덤하게 살길 바랐던 것은 결국 나였다. 새삼 어른이 된 지금도 뽀롱에게는 장난기가 남아 있는지 궁금했다. 당연히 그렇다고 대답할 줄 알았는데, 의아하게도 뽀롱의 대답 역시 '아니오'였다. 뽀롱은 어른이 될수록 장난기가 줄어드는 것은 자연스러운 현상이라고 생각하고 있었다. 성인이 되어감에 따라 할 수 있는 일과 해야 할 일들이 늘어나면서 장난으로부터 얻는 즐거움이 줄어드는 것은 어쩔 수 없는 것 같다고 말했다.

대신에 뽀롱은 가까운 가족과 연인, 친구, 어린아이들, 직장 동료, 어느 정도 유대감이 있는 대상에게는 여전히 장난기가 발동한다고 했다. 어린 시절처럼 누군가를 괴롭게 하는 짓궂은 장난이 아니라 주로 대화를 할 때 장난을 치게 된단다. 자신도 즐거워지고 대화의 상대도 즐겁게 할 수 있도록 가벼운 말장난이나 유쾌한 농담으로 분위기를 바꾸려는 시도를 많이 한다고 말했다. 그래서 나에게 그토록 상습적으로 퉁을 놓았구나……. 그동안 뽀롱의 만행에 새삼 고개가 끄덕여지는 순간이었다. 물론 어이가 없고 기가 찰 때도 많았지만, 솔직하게 나도 웃겨서 빵 터질 때도 종종 있었으니까. 농담은 확실히 건강하고 유익한 장난인 것 같다.

집 나간 나의 장난기를 되찾기 위해 나도 여기서부터 출발해야겠다는 생각이 들었다. 사람들과의 만남에 대한 두려움과 불안이 갑자기 사라질 일은 만무할 테니 가벼운 농담부터 시도해 보는 게 좋겠다. 나의 농담이 나름 효과를 발휘해 사람들과의 만남이 편안해지고 관계 맺기가 수월해진다면, 내가 마냥 지루하고 재미없는 사람이라는 생각에서 조금씩 벗어날 수 있을 테다. 그러다 보면 자신감도 조금씩 자랄 것이고 그만큼 재미있다고 느낄만한 일들이 늘어나지 않을까. 늘은 아니더라도 가끔이나마 흥미진진한 것을 향해 달려 나갈 수 있는, 가슴 뛰는 무언가를 품고 있는 사람이 되었으면 좋겠다. 나는 여전히 그런 장난기 넘치는 여유로운 어른이 되고 싶다.

누군가 이렇게 말했다. 여유는 잔고에서 오고 상냥함은 탄수화물과 당분에서 온다. 마냥 부정할 수만은 없는 사실이다. 게다가 유머 감각은 학습보다 전이에 의해 키워지는 측면이 크다고 한다. 결국 내가 가장 먼저 해야 할 일은 통장 잔고를 두둑이 채운 뒤, 평소 재치와 유머로 가득한 사람과 자주 만나 빵과 케이크를 와그작와그작 먹으면 되는 것이다. 유머러스하면서 상냥한 사람이 되는 방법이 생각보단 어렵지 않다. 첫 번째 전제 조건부터 다소 휘청거리긴 하지만. 올해의 목표 한 가지 더 추가다.

당신의 손길이 오래 머무르는 것은 무엇인가요?

오랫동안 갖고 싶었지만, 쉽사리 구매하지 못하는 것이 있었는데, 바로 고오급 볼펜이었다. 볼펜이야 아무것이나 쓰면 되지 만년필도 아닌데 굳이 많은 돈을 주고 살 필요가 있나 하는 생각에 마음을 굳히지 못했다. 그렇게 여러 개의 볼펜을 거치며 실패한 뒤, 조금은 묵직하면서도 오래 써도 잡는 느낌이 좋은 볼펜을 구매해야겠다고 다짐했다. 그래서 벼르고 별러 무광이라 매끈하면서도 고급스러운 검정 바디를 가진 볼펜을 샀다. 각인 애호가답게 멋스러운 글씨체로 나의 이름도 새겨 넣었고. 한껏 들뜬 마음으로 볼펜을 들고나오는 길에 직원분이 이 말을 덧붙이셨다. 손때가 묻으면 묻을수록 더 멋스러워지는 볼펜이라고.

이처럼 시간의 흐름이 고스란히 느껴지면서도 손때가 묻을수록 멋을 더해가는 것들이 있다. 오래 곁에 두고 읽은 책, 편지가 가득 담긴 나무 상자, 고운 색 펜과 연필이 가득한 가죽 필통, 찰칵 소리가 매력적인 필름 카메라, 언제나 포근한 스웨터 등등. 모두 시간이 흐르고 손이 닿으면 닿을수록 매력적으로 변하는 물건들이다. 오래 쓴 물건을 낡은 것으로 생각하는 사람도 있지만, 나는 그것이 뿜어내는 빈티지한 감성이 좋다. 어딘가 고풍스러운 맛이 느껴지기도 하고, 내 손에 딱 맞게 길드는 느낌이다. 마치 오직 나만을 위해 존재하는 것 같은 특별함과 내 손에 익어 익숙한 편안함이 좋다.

사실 손을 탄다는 말을 사전에서 찾아보면 사람이나 물건이 많은 사람의 손길이 미쳐 약하여지거나 나빠진다는 뜻을 품고 있지만, 나는 사람 손을 타는 것들을 좋아한다. 사람의 손길이 오래도록 머무는 것들에 마음이 끌리고 만다. 누군가의 손이 닿는 것은 또 하나의 거울이 되기 때문이다. 가만히 들여다보면 화병에 꽂아 놓은 꽃에서, 가지런히 개어 놓은 옷에서, 정성스럽게 세팅된 테이블에서 어떤 사람의 손이 닿았는지 알 수 있다. 하다못해 내가 삐뚤빼뚤 적은 글자마저도 나라는 사람의 흔적이 묻어난다. 그 글자를 쓸 때의 기분이라던가, 나의 성정 같은 것들을 온전히 담아낸다.

이것은 사람 또한 마찬가지가 아닐까 싶다. 사람도 다정한 마음을 담아 쓰다듬으면 쓰다듬을수록 고와진다. 빛이 난다. 점점 사랑스러워진다. 다만 물건과 다른 것이 있다면 손길을 받는 사람도, 건네는 사람도 함께 아름다워진다는 점이다. 우리는 아기가 부모의 다정한 손길을 통해 애착을 형성하고 두뇌와 사회성을 발달시킨다는 것을 익히 알고 있다. 그런데 신기하게도 아기와의 신체접촉을 통해 부모 또한 모성애와 부성애를 키우게 된다고 한다.

아기와 부모가 함께 성장하면서 정서적 안정감과 만족감을 얻는 것이다. 이처럼 사랑과 온정을 품은 손길은 주고받는 모두를 행복하게 만들어 준다.

더불어 마음이 담겨 누군가에게 닿은 손길은 쉬이 사라지지 않는다. 되려 쌓이고 쌓여 따스한 온기와 향기가 되어 맴돌며 그에게 흔적을 남기는 법이다. 그렇게 한 사람은 다른 이의 향기에 물들어 가고, 점점 그를 비추는 거울이 되어 가나 보다. 그러니 오래도록 곁을 내어준 사람의 손을 더 많이 잡고, 더 자주 그의 품을 끌어안고 싶다. 나의 손에서, 얼굴에서, 어깨에서, 등에서 온전히 그가 묻어날 수 있도록. 그가 묻어나는 나의 모습에 웃기도 하고 찡그리기도 하겠지만, 오랜 시간 주고받은 손길의 흔적이니까. 나도 그를 오롯이 품은 거울이 되고 싶다.

문득 그런 생각이 든다. 아무리 나이가 들고, 세상이 변해가도 손과 손이 닿는 일은 언제나 낭만적으로 다가올 것 같다. 사랑에 빠진 이가 어떻게 상대의 손을 잡을지 고민하는 밤은 사라지지 않을 테니까. 손을 잡는 일은 마음과 마음이 닿는 일인지도 모르겠다.

올해의 친절 시상식을 연다면 수상자는 누구일까요?

간밤에 세차게 내린 비로 아침 공기가 놀랍도록 차가워졌다. 아직 두꺼운 코트 안으로 몸을 숨겨야 할 정도는 아니지만, 얼굴을 스치는 바람에 두 볼이 시리다. 바닷물에 두 발을 담그고 아이스크림을 먹으며 더위를 식히던 때가 오래되지 않은 것 같은데, 벌써 서늘한 계절이라는 게 믿기지 않는다. 불현듯 달력을 보니까 어느새 10월이다. 언제 이렇게 시간이 흘렀나 억울할 정도로 올해도 두 달 정도밖에 남지 않았다. 괜스레 아쉽기만 하다. 정신없이 달려온 것 같은데, 무엇을 하며 어떻게 달려왔는지 잘 생각나질 않는다. 분명 다른 이의 친절과 도움을 받으며 이만큼 무탈하게 지나왔을 텐데. 고마운 사람들의 얼굴을 가만히 떠올려 본다.

서툴고 어렵기만 한 회사 생활에 조언과 응원을 아끼지 않는 소중한 HJ와 JB, 힘들다고 찌질거리는 나에게 만사 제치고 달려와 주는 동네 친구들 YM과 DW, 그리고 CH 자매. 오늘을 살아갈 용기를 주는 긍정적인 동생들 BE와 MJ, AY, 더불어 두말하면 입 아픈 동생과 외계인까지 고마운 사람들이 많다. 특히나 올해는 잊을 수 없는 멋진 추억도 하나 있는데, 바로 프랭코님과 오늘영 작가님이 열어 주신 북토크다. 쭈뼛거리는 나를 대신해 매끄럽게 진행해 주신 두 분이 있었기에 입이라도 뻥끗해볼 수 있었던 것 같다. 무엇보다 빗속을 뚫고 오프라인으로 혹은 온라인으로 북토크에 참석해 주신 여러 작가님이 없었다면 그런 멋진 시간을 보낼 수 없었을 테다. 정말 감사하고 또 감사할 따름이다. 정말 이 모든 분들께 감사의 마음을 담아 올해의 친절상을 전해 드리고 싶다.

내가 생각했던 것 이상으로 감사한 분이 참 많다는 사실에 새삼 가슴이 뭉클해진다. 올해는 마냥 삭막하고 힘들다고만 생각했었는데, 미처 내가 깨닫지 못하고 있었을 뿐 마음 따뜻한 일도 참 많았구나 싶다. 감격스러웠던 순간도 잠시, 이 상에 진심이었던 사람이 바로 옆에서 아우성친다. 어째서 자신의 이름은 거론되지 않냐며 몹시나 서운해하는 눈치다. 물론 세상에서 가장 친절한 뽀롱 씨를 빼먹을 수는 없지! 시키지도 않았건만, 뽀롱은 올 한 해 자신이 했던 친절하고 상냥했던 일들에 대해 늘어놓기 시작했다. 4월 특별했던 봄날의 깜짝 이벤트, 5월 '퇴근길, 밤하늘 아래 별을 세며'를 포장한 일, 8월 나의 첫 북토크에 온라인으로 참석한 일, 9월 군산에서 열리는 북마켓에 데려다준 일, 10월 비록 6시간이나 걸렸지만, 남당항에 가서 흰 다리 새우를 먹은 일 등등.

그렇다. 굳이 뽀롱이 일일이 나열해 주지 않아도 그 이상으로 뽀롱에게 고마운 일들이 많았다. 우리 모두 과도한 업무량과 빡빡한 일정으로 눈코 뜰 새 없이 바쁘게 지내고 있는데 누가 누굴 챙겨주고 돕는다는 게 쉬운 일이 아니기 때문이다. 사실 나조차도 하루가 어떻게 지나가는지 모르는데, 계절이 바뀔 때마다 그 변화를 음미할 수 있는 소소한 일들을 준비하는 것도, 내 책과 관련된 일을 적극적으로 도와주는 것도 모두 부단히 마음을 써야 하는 일이란 것을 잘 알고 있다. 그래서 정말 감사한 마음뿐이었다. 다만 안타깝게도 뽀롱은 한 가지 간과한 것이 있었다. 나도 내가 이럴 줄 몰랐지만, 최근 뽀롱에게 적잖이 서운한 감정을 느끼고 말았다. 바로 나의 생일날이었다.

물론 나의 생일에 무슨 특별한 이벤트가 있어야 한다고는 전혀 생각하지 않는다. 나이 먹는 게 마냥 신나는 일도 아닐뿐더러 무탈하고 조용하게 지나가는 하루에 그저 감사한 요즘이기 때문이다. 그렇지만! 뽀롱이라면, 뽀롱인데, 뽀롱이므로 살가운 축하의 말 정도는 할 줄 알았다. 조금 더 기대해서 손 편지와 함께. 예전에는 생일 때마다 축하 카드를 주곤 했으니까. 그런데 내가 예약했던 근사한 공연을 보고 나온 뒤에도 아무런 말이 없었다. 나름 차려입고 나왔고 평소라면 절대 가지 않을 특별한 공연을 보여줬으면, 오늘이 무슨 날인지 눈치를 채야 하지 않나. 혹시 내심 무심한 척하다가 뿅 하고 축하해주려고 하는 작전인가 싶기도 했다. 자꾸만 부풀어 오르려는 가슴을 진정시키며 차분히 기다렸지만, 결국 그날 저녁까지 아무런 말도 들을 수 없었다.

참다 참다 동료들에게 받은 생일 축하 컵케이크를 보여주었다. '생일 축하해'라고 달콤하게 적혀 있는. 그러고 나서야 엎드려 절반기로 생일 축하한다는 말 한마디를 간신히 들을 수 있었다. 그게 다였다. 뽕 하는 일은커녕 종이 쪼가리도 한 장 없었다. 나는 서운한 기색을 내비쳤고, 그제야 상황을 파악한 뽀롱이 내 눈치를 보며 미안하다는 말과 함께 괜찮냐고 물었다. 나는 솔직하게 아무렇지 않으면 그건 뻥이라고 대답해주었다. 뽀롱은 '아무렇지 안진 않다'는 나의 말에 적잖이 충격을 받은 듯 보였고, 그날 밤 꿈속에서도 괴로워할 것 같다며 몹시 미안해했다. 뽀롱은 일 년간 쓸 친절한 기운을 벌써 다 쓴 것 같다며 무엇도 준비하지 못한 것에 대한 자책을 시작했다. 결국 나는 더 뿡뿡거리지 못하고 괜찮다는 말로 뽀롱을 달래서 집으로 보내야 했다.

그리고 그날 밤 뽀롱은 얼마나 꿈속에서 시달렸는지 다음 날 3시에 일어나는 기적을 보여주었다. 아무리 내가 괜찮다고 했다지만 잠이 솔솔 오는 것도 모자라 여느 사람이라면 엄두도 못 낼 시간까지 늦잠을 자다니. 정말 괘씸한 뽀롱이다. 그렇게 내 생일은 서운한 티도 마음껏 내지 못한 채 허탈하게 끝나 버렸다. 궁둥이를 발로 뻥 차주지 못한 게 너무나 아쉽다. 이것이 뽀롱이 일 년간 친절했음에도 올해의 친절상을 받지 못한 이유다. 나도 생각보다 뒤끝이 많은 사람이란 생각이 든다. 아마도 이 서운함이 온전히 가실 때쯤이야 올해 진심으로 고마웠노라 감사 인사를 건넬 수 있을 것 같다. 과연 그때가 언제일지 아직은 모르겠다. 내년 생일 전에는 괜찮아지겠지. 그저 시간이 약이 되어 주길 기다릴 수밖에.

당신의 하루 속 사운드 트랙은 무엇인가요?

#1

언제나 그렇듯 나의 하루는 아이폰 알람과 함께 시작된다. 혹시나 내가 설정해 놓은 알람음이 무엇인지 찾아봤더니, 믿을 수 없게도 '공상음'이다. 다소 음산하고 소름끼치는 느낌이라 무서운 종류일 것으로 생각했는데 꿈꾸는 마음을 표현한 알람이라니 왠지 당한 느낌이다. 잠결에 들어서 그런지 모르겠지만, 그 알람음이 너무나 듣기 싫어서 정말 빛의 속도로 일어나 알람을 끄게 된다. 이렇게 공상음 덕분에 화들짝 놀란 가슴을 진정시키고자 차가운 물을 벌컥벌컥 들이켜고 일기장을 가져와 식탁에 앉는다. 잠에서 깨자마자 의식의 흐름대로 아침 일기를 쓰는 습관을 들이기 위해 노력 중이기 때문이다.

요즘 들어 날씨가 부쩍 더워진 탓에 거실에서 자는 엄마와 두두가 깨지 않도록 살금살금 휴대용 독서 등을 켠다. 참 신기한 것이 미니 LED 독서 등인데 불빛 아래 가만히 앉아 있다 보면 어디선가 타닥타닥 타들어 가는 소리가 들리는 듯하다. 비록 상상일지라도 차분하게 그 소리를 듣다 보면 뭔가 힐링 되는 느낌이 든다. 불을 무서워하는 할머니 때문에 진짜 촛불을 켤 수는 없겠지만, 나무 심지로 된 캔들을 켜는 상상을 해본다. 은은한 향기와 함께 나무 타들어 가는 소리를 듣다 보면 정말 평화로운 새벽이 될 것만 같다. 어쩐지 아침 일기에 집중하지 못하고 불멍으로 아침 시간을 다 보낼 것 같지만. 아쉬운 마음은 잠시 제쳐두고 눈 앞에 펼쳐진 일기 쓰는 일에 집중한다.

굳이 어떤 생각을 하고자 애쓰지 않고 의식의 흐름대로 손을 움직인다. 생각보다 빠른 속도로 무언가를 써 내려가는 게 참 신기하다. 처음에는 졸린다, 더 자고 싶다, 일하러 가기 싫다 같은 내용만 쓸 거로 생각했었는데, 막상 써보니 그렇지 않다. 꿈꾼 내용을 적기도 하고, 채 정리되지 못하고 남아있던 전날의 앙금을 풀어 놓기도 한다. 하지만 저녁 일기와 달리 하루를 곱씹으며 좋고 나쁨을 평가하진 않는다. 그저 오늘은 어제와 달리 무탈한 하루이기를 소망하며, 차분하게 오늘 할 일을 적게 된다. 어스름한 새벽 고요한 가운데 종이 위에 펜이 맞닿는 사각사각 소리에 귀를 기울이다 보면 자연스레 마음이 편안해지고, 명상할 때의 상태와 비슷해진다.

아직 아침 일기를 쓰기 시작한 지 일주일 정도밖에 되지 않아서 뚜렷하게 가시적인 변화가 보이진 않는다. 다만 아침 일기를 쓰는 동안 하루 중 가장 마음이 가볍고 만족스러운 상태라는 것은 확실히 알겠다. 쉽게 짜증을 내며 조급한 마음으로 출근을 준비하던 이전과는 사뭇 달라진 것이 느껴진다. 평화로운 아침 시간을 통해 나의 안과 밖의 소리에 귀를 기울이고, 마음 챙김을 이어가고 싶다. 삶의 속도를 늦추고 더 편안하고 생생하게 살아갈 수 있도록.

덧. 아침 일기를 쓸 것을 제안한 '아티스트웨이'라는 책을 보면 듣기 싫은 소리 보다는 기분 좋은 자명종 소리나 음악으로 알람을 바꾸는 것이 더 행복하게 하루를 시작하는 방법이라고 한다. 그동안은 싫은 마음에라도 어떻게든 이부자리를 박차고 일어나게끔 계속 공상음을 사용하고 있었는데, 좀 더 평화롭고 아름다운 알림음으로 바꿔야겠다.

#2

누군가는 세상 가장 달달한 모닝콜만큼 기분 좋은 알람음은 없다고 생각할지도 모르겠다. 하루의 시작이라는 문을 다정한 사람의 목소리와 함께 여는 것이니까. 다만 나의 경우 이런 황송한 아침을 기대하기는 어렵다. 일단 모닝콜을 받는 자는 내가 아니라 뽀롱일 확률이 압도적으로 높다. 보통 뽀롱은 내가 일어나기 직전, 혹은 한 두 시간 전에 잠들기 때문이다. 뽀롱은 지극히 야행성인지라 많은 일을 밤에 몰아서 한다. 낮에 일하고 밤에 자는 습관을 들이기 위해 부단히 노력했지만, 번번이 실패하고 말았다. 아무래도 밤의 시간대에는 오롯이 일.에.만. 집중할 수 있다 보니 업무 효율이 가장 높았나 보다. 그렇다 보니 뽀롱이 나를 깨워주기는커녕 오히려 내가 시간에 맞춰 뽀롱을 깨워줘야 할 지경이다. 하지만 나라고 마냥 의기양양할 수 없는 것은 내가 뽀롱을 깨워줄 때 사랑이 뚝뚝 묻어나는 목소리로 "어서 일어나, 아침이야. 잘 잤어?"라고 인사를 건네는 사람은 못 되기 때문이다.

굳이 애교가 넘쳐서 손발이 오그라들게 통화하는 친구는 차치하더라도 자연스레 웃음기를 머금은 목소리와 솔 톤으로 기분 좋게 상대를 깨우는 친구를 보면 신기할 따름이다. 아침 댓바람부터 저렇게 반갑나 싶기도 하고, 내 친구의 내숭이 저 정도인가 싶어 눈을 번뜩이며 친구의 얼굴을 흘긋거리게 된다. 하지만 하루 중 많은 시간, 그중에서도 아침부터 사랑꾼 모드로 살아갈 수 있다는 게 부럽기도 하다. 자기 삶과 마음속에 사랑이 가득해서 사랑을 주고 사랑을 받는 일에 스스럼이 없는 사람만이 가능할 테니까. 그런 면에서 간혹 나는 무정한 사람인가, 혹은 사랑과 관련해서 어딘가 결핍이 있는 사람인가 싶기도 하다. 그게 아니라면 지나치게 현실에 매몰되어 있어서 딱딱한 나와 말랑말랑한 내가 호환이 잘 안되는 걸 수도 있지 않을까 핑계를 대본다.

본디 애교가 탑재되어 있지 않기도 하지만, 뽀롱을 깨워야 하는 시간대에는 보통 지쳐 있을 때가 많기 때문이다. 내가 뽀롱을 깨우고자 전화하는 시간이 대략 오전 11시에서 낮 12시 사이이다. 이 시간대가 한창 오전 업무가 몰아치고 난 뒤 나동그라진 채 주린 배를 부여잡고 있을 때이긴 하다. 정말 솔직히 고백하자면, '새로운 오늘 아침부터 또 그의 목소리를 듣는다니 너무나 행복해. 오늘 하루도 참 감사하네.'라는 생각보다는 '(어제 밤을 새워 일했지만 그건 난 모르겠고) 팔자도 좋게 이 시간까지 자고 있으니 난 네가 그저 부럽다.'라는 생각과 '얼른 깨우고 밥이나 먹으러 가야지.'라는 생각이 압도적이 될 수밖에 없다. 그러다 보니 내가 뽀롱을 깨울 때면 그저 지금이 몇 시니 일어나시라, 그리고 다시 잠들지 마시라 신신당부하는 게 전부다. 서윗할 여유가 일도 없다.

혹시 너무나 삐뚤어진 나의 마음이 확 티가 났던 것일까. 줄기차게 울려댈 수 있게 설정해 놓은 무수한 알람을 전부 다 끄고 잠들어서 모닝콜을 부탁했던 뽀롱인데. 요즘엔 나에게 모닝콜을 부탁하는 대신 혼자서 재깍재깍 잘 일어난다. 사실 목표 기상 시간이 11시였는데 다 끄고 자다가 기적적으로 12시에 일어난 것인지는 모르겠지만. 어쨌든 대체로 오후 1시 이전에는 메시지 알림이 울린다. '기상!'. 정말 더도 말고 덜도 말고 핵심만 정확하게 전달하는 문자이다. 어찌나 경제적이고 효율적인지. 당연히 저게 끝이다. 그러고 나서 내가 퇴근한다는 문자를 보내기 전까지 대개는 묵묵부답이다. 일은 밤에 몰아서 한다면서 낮에는 대체 무엇을 하길래 문자 메시지 하나 보낼 시간이 없는가 싶기도 하지만. 뽀롱은 요정이라 화장실도 안 가나 보다 할 뿐이다. 아니면 문자를 보내기에는 손이 두 개밖에 없어서 어쩔 수가 없다던가, 흥!

뽀롱의 아침 이야기를 적다 보니 뭔가 되로 주고 말로 받은 느낌이기도 하고, 뽀롱이 한 수 위인 것 같은 생각이 들어 다소 분하기도 한다. 하지만 어쩌겠나, 비슷하니까 만나는 것이겠지. 나도 앞으로 '퇴근!'이라는 문자 하나만 달랑 보내볼까 싶었지만, 뽀롱에게 아무런 타격감도 줄 수 없을 것만 같다. 그냥 포기한다. 뽀롱씨는 주욱 생긴 대로 사시라고 내버려 둬야겠다. 어쨌든! 내 오후의 시작점이자 뽀롱이 맞이하는 아침(?)의 사운드트랙은 "카톡!" 하고 울리는 알림음이다. '기상!'이라는 메시지와 함께.

당신의 일상에 의미있는 숫자를 찾아볼까요?

가끔은 숫자로 세워진 세상 속에 갇혀 버린 느낌이 든다. 온종일 정성적인 것을 정량적인 것으로 바꾸기 위해 애쓰고, 번호를 매겨 순서를 세우는 일에 몰두한다. 그러다 보면 하루의 끝자락 즈음에는 마음이 헛헛하고 씁쓸해진다. 30대, 입사 6년 차, 세전 연봉 x,000 만원, 보유 주택 0, 소유 차량 0. 어쩐지 나 역시 수치화할 수 있고, 그에 따른 가치나 등급이 매겨질 수 있을 것만 같다. 워낙 자기비하가 심한 사람이다 보니 내 위치가 피라미드의 밑바닥 정도가 아니라 6400km 떨어진 지구 핵까지 내려갈 기세다. (지구 핵의 크기만 3500km에 달한다.) 이렇게 나쁜 생각의 물꼬가 트이고 나면 꼬리에 꼬리를 물고 어두운 생각이 이어지다 심히 울적해지고 만다.

오늘도 혼자서 끙끙 앓다가 나의 이런 기분을 숨기지 않고 뽀롱에게 털어놓았다. 뽀롱은 내 이야기를 가만히 다 듣고 난 뒤 한껏 가라앉은 나의 마음을 다독여 주었다. 그리고 나에게 물었다. 나라면 뽀롱이 얼마를 벌고 얼마나 많이 가졌는지를 가지고 수치화한 뒤, 그걸 바탕으로 등급을 매길 수 있느냐고. 나는 당연히 그럴 수 없다고 대답했다. 그런 식으로 점수를 매기는 상상만으로도 몹시 불쾌해졌고, 뽀롱에게 미안한 마음이 들었다. 뽀롱을 단 몇 가지의 피상적인 숫자로만 표현할 수는 없었다. 나에게 뽀롱은 끝도 없이 이어지는, 너무나 거대한 코드니까. 언젠가 슈퍼컴퓨터를 뛰어넘을 양자 컴퓨터가 만들어져도 뽀롱을 온전히 해독할 수는 없을 것이었다.

뽀롱은 내 생각을 읽기라도 했는지 나지막이 웃으며 말했다. 나는 너무나 생각이 많고 복잡한 사람이라 도무지 몇 가지 숫자만으로는 표현할 수가 없다고. 그러니 나도 자신을 그렇게 생각하지 않았으면 좋겠다고 덧붙였다. 뽀롱의 말을 듣고 나니 잠시나마 나를 나락으로 떨어뜨렸던 자신에게 미안해졌다. 내가 의기소침해 있으니 뽀롱은 생각을 바꿔보자며 나와 관련된 기분 좋은 숫자들을 떠올려 보자고 제안했다. 사실 뽀롱에게 말하지 않았지만, 그 짧은 순간 내 머릿속을 스치고 지나간 것은 나의 과년한 나이, 조그마한 키, 후덕한 몸무게를 나타내는 숫자였다. 이럴 때 보면 정말 쉽게 변하지 않고 참으로 한결같은 나다.

하지만 뽀롱은 전혀 생각지도 못했던 의외의 숫자를 꺼냈다. 나는 이미 조그만 북을 11권이나 만들었고, 독립출판에도 3번이나 도전했다는 이야기였다. 심지어 나는 생일이 10월 9일 한글날인데, 이 또한 글 쓰는 사람에게는 정말 의미 있는 날이 아니냐고 물었다. 내가 고개를 끄덕이자, 뽀롱은 내가 글을 쓰는 일이 숙명 같은 것일지도 모른다며 한껏 너스레를 떨었다. 괜스레 눈물이 핑 돌았다.

최근 무언가 손에 쥐는 것도 없이, 무엇도 이루지 못한 채 나이만 먹은 게 아닌가 하는 자괴감에 시달리곤 했었는데. 뽀롱의 이야기를 들으니 나도 꾸준히 무언가를 해왔고, 작지만 소중한 것을 만들어왔다는 생각에 안도감이 들었다. 그제서야 뽀롱이 찾아준 기분 좋은 숫자 덕분에 웃음이 났다.

뽀롱은 내가 자신감도 없고 소심한데다가 비관의 끝판왕이라는 것을 잘 알고 있다. 나에게야 매번 새롭고 충격적인 일이지만, 뽀롱에게는 고만고만 비슷한 이야기일텐데도 짜증 한 번 내지 않는다. 그저 가만히 내 이야기에 귀를 기울여줄 때면 참 신기하다. 좋은 이야기도 여러 번 들으면 귀에 딱지가 앉는 법인데, 나쁜 이야기야 오죽할까. 게다가 16년간 관찰해본 결과 관심 없는 것에는 진심으로 집중력이 1도 발휘되지 않는 사람이 뽀롱인데. 이렇게 묵묵히 들어줄 때면 새삼 나를 걱정하고 배려해주는 뽀롱의 따뜻한 마음에 감사하다. 역시 최고의 공감은 경청인가 보다. 나는 뽀롱 덕분에 나쁜 생각들을 멈추고 좋은 생각들을 한다. 그렇게 조금씩 부정적이기만 한 나를 변화시키고, 좀 더 나를 사랑하는 법을 배워 나간다. 뽀롱이 있어 참 다행이다.

뽀롱이 묻지는 않았지만 나는 우리에 관한 기분 좋은 숫자들을 떠올려 본다. 우리가 처음 사귀게 된 날, 우리가 함께해온 131,496시간, 우리가 곧 맞이할 5,479일, 우리만 알고 있는 비밀번호 같은 것들. 오랫동안 쌓아온 시간의 틈새 속에서 미처 건져 올리지 못한 숫자들은 없는지 천천히 더듬어 봐야겠다. 생각지도 못한 숫자를 찾아낸다면 뽀롱도 깜짝 놀라지 않을까? 모든 것을 기억하기에 우리는 참 많은 시간을 함께해왔으니까. 하지만 앞으로 그보다 더 긴 시간을 함께할 수 있길 바라며, 어떤 특별한 숫자를 새겨나갈지 궁금하다. 숫자만으로는 알 수 없는 것이 너무나 많지만, 숫자가 있기에 떠올릴 수 있는 추억들도 많으니까. 지금처럼.

지난 1년 동안 서로에게 달라진 점이 있다면 무엇인가요?

뽀롱은 스스로 본인의 인상이 좋다고 자신만만해할 정도로 웃상인 편이다. 뽀롱의 말에 따르면 평소에도 은은한 미소를 띠고 있지만 특히나 누군가를 대할 때면 정말 환하게 웃기 때문에 상대가 뽀롱에 대해 호감과 편안함을 느끼기 쉽다나. 확실히 그동안 찍어두었던 사진을 보면 언제, 어디서나 두 눈이 보이지 않을 정도로 휘어지게 함박웃음을 짓고 있다. 그걸 보고 있자니 정말 기분 좋게 잘 웃는단 생각이 들긴 한다. 20대 초반의 뽀롱부터 30대에 이르기까지 찍은 사진들을 주욱 늘어놓고 보면, 아무래도 뽀롱도 나이가 들어감에 따라 세월의 흔적이 살며시 묻어나긴 한다. 그럼에도 정말로 복사 붙여넣기를 한 듯 웃는 얼굴이 소스라치게 똑같다. 사진을 본 다른 사람들도 뽀롱의 얼굴만 오려서 갖다 옷과 배경만 바꿔 가면서 합성한 것 같다고 할 정도다.

그런 뽀롱에게 최근 1년간 큰 변화가 찾아왔으니 바로 급격한 체중 변화되시겠다. 어린 뽀롱의 모습을 알고 있던 사람들은 다 같이 짠 것처럼 뽀롱을 만나면 건네는 첫 마디가 "왜 이렇게 살이 많이 쪘어??" 이다. 조금씩 인지하고는 있었으나 이제야 본인의 체중 증가가 갑작스레 큰 폭으로 이뤄졌다는 사실을 체감하는 듯하다. 이제는 까마득해져 버린 모습의 옛 뽀롱은 깡말라서 내가 산 맨투맨 티셔츠가 딱 맞거나 때로는 그것마저 헐렁했을 정도다. 심지어 뽀롱의 머리가 작진 않았기 때문에 이따금 멀리서 걸어오는 모습을 보면 성냥개비 같다고 생각했던 때도 있었다. 그랬던 뽀롱이 살이 찌면서 나름 덩치가 좋아져 예전에 비해 어깨가 넓어 보이게 되었고, 이제 S는 고민의 여지도 없이 M 또는 L 사이즈의 옷을 입게 된 것이다.

멸치처럼 말랐을 때보다 적당하게 살이 오르면서 되려 몸도, 인상도 좋아 보였는데, 이제는 분기점을 넘어 자꾸만 과도하게 앞으로 나오려는 배를 보면 자못 심각해진다. 저 내장 지방을 다 어떻게 하나 싶어서. 그럼에도 살찐 자신을 바라보며 살짝 울적해지는 뽀롱을 보면 왜 이리 깔깔깔 웃음이 터지는지 모르겠다. 아마도 정반대의 상황을 마주하게 된 것이 내심 웃기기도 하고, 한편으로는 통쾌한 것 같다. 나는 20대 후반에 A형 간염에 걸려 죽을 고비를 넘긴 뒤 급격하게 살이 쪘었다. 갑작스럽게 10kg 이상 늘어난 몸무게 때문에 힘들기도 했고, 뭘 많이 먹어서 찐 살이 아니라는 게 너무 억울했다. 이래저래 마음고생이 심했던 때였는데 몇몇 사람들은 내가 살찐 것을 보고 마음이 매우 편하냐고 묻다 보니 스트레스가 이만저만이 아니었다. 그럼에도 속상한 내 마음을 아는지 모르는지 뽀롱은 내가 멀리서 걸어올 때면 공룡이 걸어오는 것 같다며 놀리기도 하고 귀엽다며 굴욕 사진을 찍어 간직하기도 했다. 뽀롱은 본래 내가 뒤뚱뒤뚱 걷는 편이어서 공룡처럼 걷는다고 놀린 것이긴 하지만 나는 자꾸만 비대해진 내 몸을 빗대는 것 같아 마음이 좋지 않았다. 그렇게 속상한 마음에 한 달간 바나나와 고구마도 먹어 보고 이런저런 다이어트를 시도해 보았지만, 무슨 짓을 해도 부풀어 오른 몸은 꺼질 기미가 보이지 않았다. 그러다 운명의 장난처럼 살 빼는 일에 대해 마음을 비웠을 때쯤부터 조금씩 빠지기 시작했다. 아직 20대 후반처럼 마른 몸이 되진 못했지만, 지금의 뽀롱보다 날씬해진 것만은 확실했다. 그러다 보니 알 수 없는 승자의 미소가 자꾸만 피어오르는 것을 막을 수 없었다.

물론 뽀롱에게 갑작스레 과중한 업무가 부과되면서 운동할 시간이 턱없이 부족해진 터라 건강을 해치는 것은 아닌지 염려스러운 마음도 크긴 했다. 짧은 시일 내에 빠르게 살이 쪄 본 경험자로서 갑자기 몸이 둔해지고 무거워졌던 경험을 떠올려 봤다. 신체적으로도 힘들지만, 정신적으로도 지치고 자책하게 되는 날이 늘어나다 보니 여러모로 힘들었었다. 지금의 뽀롱도 그럴 텐데 자칫 업무 스트레스와 시너지를 발휘해 뽀롱이 빵 하고 터져 버리면 어쩌나 근심이 많아진다. 이제는 뽀롱의 체중 증가에 관한 걱정과 의기소침 앞에 의기양양하게 히죽거리는 일은 자중하고, 우리 모두 건강하게 감량에 성공할 방안을 좀 고민해 보았다. 그렇게 며칠을 곰곰이 생각하다 즐겁게 해낼 수 있는 방법을 찾았다.

그것은 바로 이름하여 닌텐도 스위치 저스트 댄스 되시겠다! 평소 랩과 춤에 진심인 뽀롱이니 즐겁게 게임을 하면서 열량을 소비할 수 있을 것 같았다. 당근마켓에서 부랴부랴 닌텐도 스위치와 게임을 검색해 속전속결로 거래를 진행했다. 두근거리는 마음으로 게임을 실행해 보니 생각보다 독특하게 생긴 캐릭터들 때문에 당황하긴 했지만 제법 아는 노래가 많아서 반가웠다. 대개는 POP의 난이도가 1부터 4까지 다양하고, K-POP은 좀 어려운 레벨이라 아쉽긴 했지만. 초보 레벨 음악 중 평소 즐겨 듣던 곡에 맞춰 삐그덕 삐그덕거리며 어설프고 기괴하게 움직이고 나니 점수와 함께 소모된 열량이 표시되었다. 오! 이 게임이 생각보다 열량 소비 효과가 있겠다며 당근 거래에 대한 만족감이 차올랐다.

처음부터 다리 밴드는 살 생각이 없었고 조이콘만 가지고 움직이면 되니까 가볍게 팔만 움직이면 제법 가뿐할 것으로 생각했다. 하지만 2~3곡을 연달아 끝내고 나니 그것이 얼마나 크나큰 우리의 착각이었는지 알 수 있었다. 뽀롱과 나는 거친 숨을 몰아쉬고 있었고 땀쟁이넝쿨인 나는 비 오듯 땀을 흘리고 있었다. 리드미컬한 음악이 흘러나오는 가운데 가만히 서서 그저 기계적으로 팔만 움직일 수는 없었다. 뽀롱이야 본래 춤추는 것을 좋아했으니 그렇다 쳐도 몸치인 나 역시 댄서에 대한 막연한 동경이 있었나 보다. 막상 음악이 시작되면 자연스레 캐릭터의 움직임을 따라 서투르다 못해 웃음 버튼을 누른 것처럼 율동하고 있었다. 앉았다 일어났다, 뛰어오르고 스텝을 바꾸고. 게임이 이 정도면 운동이 가미된 버전은 대체 얼마나 격하게 움직이는 것인지 가늠조차 되지 않았다.

그럼에도 확실히 단순히 앞만 보며 달리는 것보다는 훨씬 재미있게 할 수 있어서 움직이는 것 자체를 귀찮아하는 나에게 운동에 대한 거부감이 줄어들긴 했다. 앞으로 적어도 일주일에 한 번은 한 시간 동안 저스트 댄스를 하며 충실하게 땀을 흘려야겠다. 더불어 뽀롱이 이토록 살이 찐 건 술이 한껏 곁들여진 회식과 간단하게 한 끼를 해결하려 먹은 패스트푸드가 한몫했으니, 앞으로는 어떻게 더 건강하게 먹고 많이 움직일 것인지 같이 생각해 봐야겠다. 일단은 연말 송년회 이후로 서로가 건전한 경쟁과 자극을 주고받으며 장기로 리즈 시절 회복 프로젝트에 돌입하려 한다. 내년 이맘때쯤 한 해를 마무리하며 서로에게 지난 1년 동안 달라진 점이 있다면 무엇인지 질문을 주고받았을 때 건강해진 몸과 마음이라 답할 수 있길 고대한다.

덧. 반대로 뽀롱에게 물었다. 지난 1년간 나에게 달라지지 않은 점은 어떤 것이 있는지. 뽀롱은 신중하게 생각하다가 무려 세 가지를 꼽았다.

1. 술을 많이 마신다.
2. 욕을 한다.
3. 정리에 대한 강박관념이 있다.

뽀롱에게 미운털이 박힌 게 분명하다. 관계 회복이 시급하다.

[닫는 글] 조금 적는 마음에게

조금 적는 마음에게

나의 오래된 서랍 안에 내가 조금씩 적어 놓은 낡은 사전이 놓여 있다면 어떤 단어들이 담겨 있을까. 인연, 사진, 장난, 여행, 영화, 꿈, 운 (運), 눈 (雪), 책, 향 (香) 등은 포함되어 있을 것이다. 다만 사랑에 관련된 단어만큼은 빛바랜 종이의 구석에 아주 조그맣고 희미하게 적혀 있을 것만 같다. 분명 망설임이 묻어나는 글자에 쓰다 지우고 또 쓰다 지우고 만 흔적이 고스란히 담겨 있을 테다. 어쩌면 그 어떤 말도 적어 놓지 못했을지도 모르고. 오랫동안 그러했고, 지금도 그러하듯이 사랑이란 몹시 낯설고 난감하게만 느껴지니까. 그런 내가 다양한 색과 얼굴을 가진 사랑이란 녀석을 몇 마디 문장으로 표현할 수 있을 리가 없다.

이러나저러나 정말 사랑을 있는 그대로 바라보며 온전히 껴안아 품기에는 아직 멀었나 보다. 이런 상태로 어쩌다 주변 사람들의 제안에 휩쓸려 감히 사랑에 관해 쓸 생각을 했는지 모르겠다. 그때는 너무 안일하게 생각했었던 것이 틀림없다. 결국 지인들이 궁금해하고 또 듣고 싶어 했던 것은 사랑에 대한 추상적이고 관념적인 접근이 아니라 맹탕처럼 아주 밋밋한 실제 나의 연애 이야기였으니까. 그저 뽀롱과 나의 연애담을 풀어 놓기만 하면 되겠거니 막연하게 받아들였던 것 같다. 다만 내가 간과한 것이 있는데 뽀롱과 나의 역사가 꽤 오래된 만큼 함께 쌓은 추억이 만리장성만큼 높고 길었다면 좋았겠지만, 안타깝게도 현실은 전혀 그렇지 못하다는 점이었다.

물론 이토록 오랜 시간 인연을 이어오면서 서로에게 청천벽력 같은 순간이 왜 없었겠냐마는 그런 때를 제외하고는 에피소드가 없어도 너무 없다. 자주 얼굴을 맞대고 뭐라도 함께 해야 지지고 볶고라도 할 텐데, 우리에게는 그런 만남의 기회 또한 흔치 않았다. 기억 속의 주된 풍경이 살풍경 그 자체인 실험실인 데다가, 문제는 하루의 대부분을 머무르는 실험실의 선배님들께서 무슨 일이 있더라도 두 사람이 연인 관계라는 것은 눈곱만큼도 티를 내지 말라고 명하셨다. 지금 생각하면 어이가 없는 말인데, 워낙 폐쇄적이고 군대 문화가 뿌리 깊게 자리 잡은 곳이었기에 멀리 떨어져 앉아 있는 뽀롱에게 다가가 말을 걸 때조차 눈치를 봐야 했다.

그 정도다 보니 기억할 수 있는 추억거리도 많지 않은 데다가 사랑을 표현하는 것 자체를 두려워하다 보니 어떤 글을 쓸까 생각해 내기가 몹시 어려웠다. 마치 마른 수건에서 물을 짜내는 듯한 기분이 들기도 했다. 그렇게 간신히 글감을 찾는다 하더라도 또 그 소재를 잘 살려서 한 편의 글로 완성하는 일은 더욱 힘겨웠다. 정말 산 넘어서 산이었다. 게다가 이 이야기는 좀 더 감정이 풍부하게 담긴 글이었으면 좋겠다고, 이 이야기는 위트와 유머가 함께 어우러지는 글이었으면 좋겠다고 생각하다 보면 본디 부족했던 자신감이 뚝뚝 떨어졌다. 그러다 보면 피하고 싶었던 난감한 주제에 도전해 보겠다고 한 스스로가 원망스럽고, 쓰는 것에 대한 두려움에 압도되는 것 같았다.

그렇게 괴로움으로 몸부림치고 있을 때 이슬아 작가님의 수필 '매일을 감당하는 이에게'를 만났다. 글 속에는 정희진 작가님과의 대화가 담겨 있는데, 회피할 수 없는 일에 자신감이 없고 감당할 수가 없는 그 순간의 막막함에 대한 이야기였다. 두 작가님 모두 잘해야만 하는 소중한 일들 앞에서 두려움을 느끼곤 하는데, 그 일이 글쓰기라는 것을 알게 되었을 때 몹시 놀라고 말았다. 글을 쓰고자 하는 많은 사람의 글쓰기 선생님이신 두 분 또한 자신이 없는 원고를 마주하기도 하고 무서워한다는 것에. 그 겸허한 고백 앞에서 위안이 되기도 하고, 되레 무안하기도 했다. 치열한 고민과 두려움 없이 뭐든 시원스레 써내려 가겠다는 나의 바람이 얼마나 어쭙잖은 일이었는지 깨달을 수 있었다.

다시 한번 마음을 굳게 다잡는다. 분명 마구 머리를 쥐어뜯다가 무엇도 쓸 수 없을 것 같은 위구심에 사로잡히는 순간이 또 찾아오겠지만, 회피하지 않고 이슬아 작가님처럼 감사하고 두려운 마음을 담아 글을 쓰겠노라고. 처음 사랑에 대한 글을 쓰겠다고 다짐했던 이유도 사랑이 두렵다는 이유로 피하기보다는 글을 씀으로써 내면을 들여다보고 사랑을 내어 주는 사람으로 변화하고자 함이었으니까. 늘 사랑 앞에서 한껏 움츠러드는 것 밖에 못 했던 내가 앞으로 써 내려갈 글은 두 눈을 가린 채 코끼리의 다리와 몸통을 더듬으며 전체의 생김새를 유추하는 사람처럼 여전히 어설프고 모자랄지도 모른다.

그럼에도 쓰고 또 쓰다 보면 사랑의 한 단면이나마 내 글 속에 녹여낼 수 있지 않을까. 사랑과 웃음만큼 드러낼수록 또렷해지며 커지는 것도 없을 테니까. 누군가 말했다. 누군가에게 깊이 사랑받으면 힘이 생기고, 누군가를 깊게 사랑하면 용기가 생긴다고. 그 힘과 용기를 양분삼아 묵묵히 써 내려가고 싶다. 언젠가 나의 낡은 사전 안에 또렷하게 써진 사랑의 정의를 볼 수 있길 소망한다.

건조해도 괜찮아, 이 사랑 이야기는

작가 메이지

발행일 | 1판 1쇄 2024년 6월 15일

펴낸이 | 조금 적어도 좋아

디자인 | 프랭코

펴낸곳 | 피스 카인드 홈

출판사 | 제 2022-000009호

주소지 | 부산 중구 흑교로 52번길 6-1, 2층

이메일 | contact@peacekindhome.kr

스토어 | smartstore.naver.com/eung

이 책은 저작권법에 의해 보호받는 저작물이므로 무단전재와 복제를 금합니다. 이 책의 내용의 전부 또는 일부를 재사용할 경우 반드시 저작권자의 동의를 받아야 합니다.

Copyright 2024 피스 카인드 홈. All rights reserved.

본 작품집은 피스 카인드 홈이 운영하는 글쓰기 커뮤니티 '조금 적어도 좋아'의 시즌 프로그램을 통해 완성된 책입니다.

* 작가 참조 목록

작가 윤승원, 윤슬 (2016)

작가 황동규, 우연에 기댈때도 있었다 (2003)

작가 영이, 한 스푼의 자기 비하, 두 스푼의 겁을 넣다 실수로 우울을 쏟아 부어 만든 인간 (2022)

아티스트 장기하, 부럽지가 않어 (2022)

작가 무름, 별이 반짝 (2022)

작가 미치 앨봄, 모리와 함께한 화요일 (2017)

작가 줄리아 카메론, 아티스트웨이, 마음의 소리를 듣는 시간 (2022)

작가 오늘영, 줄리 델피 (2023)

아티스트 이소라, 나를 사랑하지 않는 그대에게 (2002)

감독 찰리 브루커, 블랙미러 시즌 1 (2011)

작가 장 아메리, 늙어감에 대하여 (2014)

작가 조지훈, 방우산장기 (1997)

감독 요아킴 트리에, 사랑할 땐 누구나 최악이 된다 (2022)

작가 이슬아, 매일을 감당하는 이들에게 (2023)

조금 적어도 좋아

〈조금 적어도 좋아〉는 익명의 동료 작가들과 함께
글을 쓰며 우정을 가꾸는 온오프라인 글쓰기 커뮤니티입니다.

조금 적어도 좋아는 멤버에게는 창작 생활에 영감을 주는 특별한
글쓰기 키트를 보내드립니다. 이곳에서 다양한 장르를 탐험하고,
모임 호스트로부터 글쓰기 미션과 다정한 피드백을 받아보세요!

무엇보다 시즌이 끝나면 당신의 모든 글을 모아 창조적인 여정을
떠올릴 수 있도록 아름다운 책을 만들어 선물로 전해드립니다. 지금
바로 우정과 영감이 가득한 작가 커뮤니티의 일원이 되어보세요!

피스 카인드 홈

책을 사랑하는 당신을 찾고 있어요! 책방 〈피스 카인드 홈〉의
책 큐레이션 프로젝트 「우리가 사랑하는 책들」을 통해 전에 없던
독서의 특별한 기쁨을 경험해보세요.

매달 디자이너 프랭코와 뮤지션 이내가 정성껏 고른 책들을
소개합니다. 각각의 책에는 당신의 독서 여정에 깊이와 즐거움을
더해줄 큐레이터의 개인적인 편지가 함께 합니다.

여기에 책에서 받은 영감으로 마련한 예술적인 워크숍 이벤트를
통해 친구들과 연결되고, 좋아하는 마음을 지켜나가세요. 피스!

kph